閃
天下御免の信十郎4

幡 大介

時代小説

二見時代小説文庫

目次

豪刀一閃——天下御免の信十郎4

第一章　流され者

一

元和八年（一六二二）十月——。

枯野が渺々《びょうびょう》と広がっている。

旧暦の十月はすでに初冬である。元和八年は日本全国が異常な低温に悩まされた年だ。寒気の訪れは例年になく早い。海から吹きつける強風には湿った雪が混じっていた。

鈍色《にびいろ》の叢雲《むらくも》が低く垂れ込め、雲下では海原が荒れ狂っている。

出羽国。羽州浜街道（秋田街道）、吹浦《ふくら》の浜。

秋田佐竹領と旧・最上領との境である。

出羽の冬は厳しい。海岸に降り積もった雪は、吹きすさぶ強風にも負けず地面に貼りつき、土を嚙んで凍りつこうとしている。

根雪の上に新雪が積もり、重なっていく。春まで融けることはない。

ドドド、ドドドと、波の音が繰り返される。赤松の枝が強風を切り裂いて鳴り響いていた。


雪がますます激しくなった。視界までもが真っ白に閉ざされようとしている。

そんな中、横殴りの風雪に袂をあおられながら、深編笠の男たちが街道を下ってやってきた。

総数は二十名ぐらいであろうか。一見したところ、浪人の一団のようなのだが、しかし。

肩幅や胸板は異様に厚く鍛えられている。腰に差した刀も、全員揃って身幅が太い。反りの深い実戦本位の刀だ。行歩《ぎようぶ》にも乱れがなく、武芸達者な様子が見て取れた。

男たちは無言のまま、ザッザッと、氷雪を踏みしめて進んでゆく。深編笠の下から覗けた口元が、きつく真一文字に結ばれていた。

深編笠の集団からわずかに遅れて、今度は天蓋《てんがい》を被った虚無僧《こむそう》の一団がやってきた。

この当時の虚無僧は、我々のイメージする姿とはかなり異なる。

黒衣も着けず、袈裟も掛けず、衣は藍色、着物の下には女物の緋縮緬《ひぢりめん》の襦袢《じばん》を着けている。太い帯を身体の前で結び、足には黒漆塗りのぽっくり下駄を履いていた。

この時代は一般的に細帯である。さらにいえば、身体の前で帯を大きく結ぶような姿は、ほかには花魁《おいらん》ぐらいでしか見られない。しかも女物の真っ赤な下着と、少女が履くようなぽっくりだ。かなり珍妙で、恥ずかしい格好である。

虚無僧を束ねる寺院は、日本に三カ所しかない。

この装束は、武蔵の国、青梅《おうめ》、鈴法寺《れいほうじ》に属する虚無僧のものである。

一目でどの寺に属する普化僧《ふけそう》なのか見分けがつくように、あえて珍妙な姿をさせられていたのであろうか。

そんな虚無僧の一団が黙々と足を運んでくる。総勢で二十数名ほどであろう。

天蓋ですっぽりと顔を隠し、商売道具の尺八は袋に包んで背負っている。腰には長刀を一本差し。雪道でぽっくり下駄では、さぞ歩きづらかろうが、やはり見事な行歩を見せて、凍てついた道をものともせずに歩んでいく。顔かたちはまったく窺い知れないが、決然とした気配を全身から発散させていた。

「さすがに出羽は北国でんなぁ。……うう、さぶ」

蓑を背負い、笠を被った鬼蜘蛛《おにぐも》が、身を震わせながら愚痴をこぼした。長い手足をさも寒そうに縮めている。

鬼蜘蛛は寒さに弱い。大和国に生まれた忍びではあるが、南国肥後に移り住んだせいだ。皺の刻まれた顔をさらにクシャクシャにさせている。まだ二十代の半ばだというのに能の顰《しかみ》面のような老けた顔つきになっていた。

その後ろを軽い足どりでキリがつづく。

服部半蔵正成《はっとりはんぞうまさなり》の孫娘。取り潰された服部宗家の当主にして、伊賀忍軍の影の総帥。三世服部半蔵である。

緋色の袴をカルサンに穿き替え、白い小袖の上に柿色の忍び装束を着けている。さらに蓑笠。寒風にさらした頬は雪よりも白い。

何かにつけて愚痴を漏らすのが鬼蜘蛛の常なので、まったく相手にもせず、無表情のまま雪を蹴立てて進んでいく。

鄙《ひな》には稀な美貌が、寒風をものともせず、足音もなく、滑るように歩く姿はちょっと異様だ。そして凄艶《せいえん》である。土地の者が目撃すれば、伝説の雪女と間違えてしまうかもしれない。

一行の末尾に波芝信十郎《なみしばしんじゆうろう》がいる。こちらは無邪気に空を見上げて微笑んでいる。延々と降り積もる雪が物珍しくてならないようだ。今にも小躍りして走り回りそうな気配であった。

豊臣秀吉の遺児にして加藤清正《かとうきよまさ》の猶子《ゆうし》（養子）。神代からつづく古代豪族、菊池一族に取り込まれ、皇子菊池彦《キクチヒコ》として育てられた。

もっとも今はわけあって、浪人の姿に身をやつし、気ままな、しかし危険な旅をつづけている。

「まるで子供だな」

キリがチラリと振り返り、呆れ顔で呟いた。

「ただでさえ目立つ格好なのに、なにをはしゃいでおる」

信十郎は六尺に近い長身の持ち主である。異母兄豊臣秀頼《とよとみひでより》の六尺六寸（一九七センチ）には及ばぬものの、この時代では稀に見る偉丈夫だ。

黒い小袖に山袴。黒革の袖無し羽織を着けている。漆塗りの塗笠に藁沓《わらぐつ》。ほとんど黒ずくめの格好なので、雪の中では人目を惹《ひ》く。

腰には鞘長二尺六寸の大業物《おおわざもの》を差している。筑前の刀工、正宗十哲の一人、金剛盛《こんごうもり》高《たか》の手になる豪刀だ。

鬼蜘蛛は周囲の景色に目を向けた。

自分たちの姿だが、雪の中ではあまりにも目立つ。忍びの者としては致命的な問題である。

「そろそろ雪に紛《まぎ》れんとあかんな」

背負っていた笈《おい》を下ろすと、白い布地を引っ張り出して広げた。

「なんだそれは。被衣《かずき》ではないか」

キリが覗き込んでくる。

「そや。頭から被るんや」

鬼蜘蛛は白い生地の衣を被って背中に垂らした。

その姿を見て、信十郎が吹き出した。

「まるで女房衆のようだな」

「笑《わろ》うとる場合やあるかい。命がかかっとんのやで」

普段は、鬼蜘蛛のやることなすことすべてに対して不満げな顔をするキリだが、ここは素直に従って衣を受け取ると、バッと広げて信十郎に被せかけた。

「どうだ？　似合うか」

ナヨッと科《しな》を作った信十郎が片目をつぶると、キリは心底呆れ顔で答えた。

「ふざけておる場合か。もうすぐ佐竹領だぞ」

一行の視線の先、五町ほど向こうに、佐竹家の隊列が見えている。海岸線に沿って北上していた。

騎馬の大将のすぐ後ろには乗物（高貴な身分の人が使う駕籠）が見える。乗っているのは、徳川幕府のかつての筆頭年寄（のちでいう老中首座）本多上野介正純《ほんだこうずけのすけまさずみ》だ。

大坂城の堀の埋め立ての奉行として謀略工作を担当し、大坂城を裸城にしたうえで滅亡させた。その辣腕はあまりにも有名である。

また、豊臣恩顧の大大名、福島正則《ふくしままさのり》を改易させた際の陰謀もよく知られている。まさに。

徳川家康の懐《ふところがたな》刀として、あるいは徳川家の劇薬、毒薬として、初期の徳川政権を支えた切れ者であった。

だが。今は失脚し、秋田佐竹家へのお預かり（配流。秋田家の監視のもと、生涯幽閉される監禁刑）の身である。

この年の八月。出羽山形五十七万石の太守、最上義俊《もがみよしとし》が御家騒動を引き起こし、取り潰しとなった。

最上領収公のため、山形城に赴いていた正純は、その地で自身の、改易の沙汰を受けた。

抵抗しようにも本拠の宇都宮十五万石は三十里の彼方。手勢も、腹心の部下たちも山形には連れてきていない。政治的に同盟を結んだ大名や、一味同心の幕府旗本たちからも切り離されている。

まさに孤立無援の状態で、敵地とも言える旧最上領に孤立させられたうえでの改易処分だ。そんな状態でなんの抵抗ができようか。

正純は従容《しょうよう》として服命し、配流先である秋田の領主、佐竹家の軍勢に身を委《ゆだ》ねた。

その正純を移送する一行が、秋田の配流先に向かって、雪の吹きすさぶ中、黙々と歩を進めている。

例によって将軍秀忠《ひでただ》は、正純の身を案じ、護衛を信十郎たちに依頼してきた。

徳川家の筆頭老臣、本多正純の生死いかんによっては、徳川家の屋台骨が揺らぐことも考えられる。また、稀代の奸臣であり、この時代随一の知謀の持ち主でもある正純が、万が一にも逃走し、徳川の敵対勢力に与《くみ》するようなことにでもなれば大事《おおごと》だ。

なにしろ、大坂滅亡からまだ八年しか経っていない。

キリシタンの弾圧で行き場をなくした者たちもいる。

世には何十万もの浪人と、それに倍するキリシタンが蠢《うごめ》いている。徳川家を呪いながら、復仇《ふっきゅう》の時を待っているのだ。

この頃の徳川幕府は、後世の磐石ぶりからは想像もつかない弱体政権である。一朝事あらば、一気に天下がひっくり返ることも予見できた。


織田信長、豊臣秀吉、徳川家康の三英傑が、敵味方、おびただしい血を流しながら成し遂げた偃武《えんぶ》(平和)である。

鎌倉幕府の末期に後醍醐《ごだいご》天皇が倒幕の旗揚げをしたときから、この日本国は延々と、二百数十年ものあいだ、継続的な内戦状態にあった——とも言える。

たとえ京畿が平穏であった時期でも、日本のどこかでは、地域紛争が起こっていた。さながら二十世紀の地球のような、そんな社会であったのだ。

信長の残虐行為と、秀吉、家康の謀略によって、ようやく日本国は統一され、平和になり、民人《たみびと》は殺し合わずとも生きてゆけるようになった。

権力者たちの人格や人徳には、たしかに問題があっただろう。しかし、民草《たみくさ》にとって平和な世ほどありがたいものはない。

民人は権力者の顔など知らない。ただ日々の暮らしがあるだけである。

そして今。その平穏な日々を支えているのは、内紛の絶えない徳川幕府と、頼りない二代目将軍秀忠なのだ。

信十郎は、秀忠に恩義があるわけでも、徳川幕府に仕官したいわけでもない。

ただ、民草とともに交わり生きてきた。徳川の世になってから、皆の暮らしが安定し、平和になったのを見つめてきた。

この民草の平和な暮らしを護《まも》りたい、という一心で、秀忠に与することに決めたのである。

もし、秀忠が己《おの》が野心を満たすため、この世の安寧を乱すのであれば、戈《ほこ》を逆しまに斬りかかり、その首を刎《は》ねる覚悟もある。

秀忠にとってはこれほど恐ろしい相手もいないであろう。しかし、これほどの正直者もいないであろう。

秀忠は絶対権力者で、周囲には、なんでも「はいはい」と言うことを聞く家来と、面従腹背、腹に一物を抱えた野心家、陰謀家の重臣たちしかいない。心の底から信頼できる相手などいないのだ。

そこへ信十郎が飛び込んできた。

ともに英雄の一子である。ある意味、不肖の息子どもであった。秀忠にとっては、初めて友を得たような心地であったのかもしれない。

そのとき以降、信十郎と秀忠の友誼《ゆうぎ》は、なんとも微妙なバランスを保ちながらつづいていた。


そんなこんなで信十郎は、徳川政権の爆弾のような男を護って、あるいは監視して、ともに雪の中を進んでいる。

佐竹領に入れば、佐竹家の大人数が正純を待ち受けているはずだ。曲者《くせもの》の忍び寄る隙間もないほどに取り囲むであろう。

護衛の旅もあとすこしであった。

二

生まれてこのかた、一度も目にしたことのないほどの大雪を愉《たの》しみながら、佐竹の一隊を追尾してきた信十郎たちであったが――、

「ムッ……！」

三人は期せずして、ほとんど同時に、雪の上に腹這いとなった。

頭から背中には白い布地を被っているので、完全に雪景色に溶け込んでいる。大粒の牡丹雪が舞っているので視界も効かない。一町も離れれば、雪の吹き溜まりと見分けがつかなくなるだろう。

「来よったで」

鬼蜘蛛が真っ赤になった鼻先を指で撫でつつ、吐き捨てた。

深編笠の一団が丘陵の向こうに見え隠れしている。油断のない足の運びだ。一目でかなりの剣客たちだと見て取れた。

深編笠たちは、ちょいと小手で笠を持ち上げ、佐竹の行列を遠望している。雪で視界が遮られ、佐竹の行列がよく見えないのだろう。もちろん佐竹側からも、丘陵の陰から半身だけ出した曲者たちの姿は見えないのに違いない。

だが、忍びとして鍛えられた信十郎たちの目には、はっきりと識別できた。

鬼蜘蛛が「ケッ」と毒づいた。

「どこの手勢か知らんが、どうあっても、本多をいてこますつもりなんやろか」

キリは、つまらなそうな顔つきで答えた。

「蛇の生殺しは始末に困る。本多の息の根を止めたい気持ちはわからんでもない」

など他人事《ひとごと》のように言っているが、本多正純をここまで追い詰めた原因のひとつは、キリが巡らせた陰謀である。服部半蔵家を取り潰された恨みを晴らすため、秀忠を暗殺しようと謀ったのだ。

本多正純は服部半蔵家を利用しようとして、逆に利用されてしまった。その結果、幕臣筆頭の地位から転落し、新将軍に担ぎ上げるつもりであった松平忠直《まつだいらただなお》（家康の次男、結城秀康《ゆうきひでやす》の長子）を潰され、さらには伊達政宗《だてまさむね》、土井利勝《どいとしかつ》の暗躍によって、傘下の大大名、最上家まで改易させられた。

まさに踏んだり蹴ったりであるが、これで意気消沈するような正純ではない。ますます野心を滾《たぎ》らせて、起死回生の一挙を模索しているのに違いないのだ。

将軍秀忠にとって本多正純は、生きているより死んでくれたほうが安心な相手ではあろう。

正純は、筆頭年寄（徳川幕府のナンバー2）として旗本八万騎の頂点に立っていた男だ。迂闊《うかつ》に討ったりすれば幕臣たちに動揺が広がる。

秀忠は本多正純を殺せない。殺したくない。信十郎も、本多正純の死によって勃発する乱世を防ぎたいと思っている。

「正純殿には指一本、触れさせるわけにはいかぬ」

「やれやれ」

キリは、自分が引き起こした一件の尻拭いが、延々とあとを引きまくっていることに、いささかウンザリとしていた。

雪の塊にしか見えなかった三つの盛り上がりが、サッと雪を払って移動しはじめた。視線の先では、深編笠の一団も移動を始めている。剣呑《けんのん》な空気が伝わってきた。信十郎たちは気息《きそく》を絶ったまま距離をつめていく。

三崎《みさき》峠。ここにはかつて、有耶無耶《うやむや》の関という、ちょっと変わった名称の関所が置かれていた。関を越えれば佐竹領である。

三崎峠は、その名のとおりの岬（半島）である。切り立った断崖が海に突き出している。

海岸線沿いの平坦な街道が途切れ、坂道に差しかかった。

佐竹の隊列がいったん停止する。隊列を変更するつもりらしい。なにしろ重い乗物を担ぎ上げなければならないのだ。陸尺《ろくしゃく》の数を増やさなければならない。

人足たちが走り回り、警護の兵たちの隊列が乱れた。

その混乱に乗じて、深編笠の一団が襲撃を開始した。

バッと深編笠を投げ捨てる。白鉢巻きの素顔をさらす。蓑はすでに脱ぎ捨てている。袖を絞って襷《たすき》掛けした両腕で刀を抜いて襲いかかった。

「敵襲ぞ！」

佐竹の騎馬武者が叫ぶ。その声に驚いて馬が棹《さお》立ちになった。近くにいた馬子が前足の一蹴りを避けてひっくり返った。

騎馬武者の乗馬ばかりではない、荷駄の馬まで暴れはじめた。

佐竹の隊列はますます混乱する。敵の突撃と馬の奔騰《ほんとう》が重なって手がつけられない。早くも隊列に詰め寄った曲者たちは、肩に担いだ豪刀を八相の構えから斬り下ろした。

気合一閃、太い豪刀が佐竹武士の肩口を斬り裂いた。

「ぐわっ！」

佐竹の侍がのけ反って倒れる。深々と断たれた切り口から真っ赤な血潮を噴き上げた。足元の雪が真っ赤に染まった。

曲者たちは次々と斬り込んでくる。抜き身の刀が一閃されるたびに、佐竹の家中が斬り倒された。

佐竹家の侍たちは雪除けの蓑を着けていた。蓑には湿って重たい雪がこびりつき、身動きの自由を奪っている。刀にも柄袋《つかぶくろ》が被せてあって咄嗟《とっさ》に抜刀できなかった。柄袋の紐はすぐに千切れるようにできてはいるのだが、やはり、袋を引き剝がすひと手間がいる。その一瞬の遅れが命取りとなり、抜刀もままならぬ姿で無残に息絶えていったのだ。

「おのれッ！」

騎馬武者は小者から槍を受け取ると、馬首を巡らせながら縦横に振るった。さすがに佐竹家は鎌倉時代よりつづく武家の名門である。たちまちのうちに二人の曲者が胸板を貫かれて即死した。

しかし、曲者たちも然《さ》る者。馬の尻をスッと斬った。途端《とたん》に馬は尻を撥ね上げての恐慌状態に陥った。武者があやしても言うことを聞かない。その隙に曲者の一人が鐙《あぶみ》を摑んで、騎馬武者の足ごと勢いよく払い上げた。均衡を失った騎馬武者が鞍から落ちる。直後、四方八方から暗殺者の剣を突き立てられて串刺しにされた。

凄まじい絶叫が響きわたる。空馬《からうま》は雪の中をどこかへ走っていった。

曲者たちは本多正純の乗物めがけ、抜き身の刀を振りかざしながら突進した。

陸尺たちは乗物を投げ出して、我れ先に遁走しはじめた。

乗物がドスンと路肩に投げ出される。傾斜地に傾いた状態でとまった。

すかさず曲者の一人が駆け寄り、刀を構えた。

「上野介、覚悟ッ！」

駕籠ごと串刺しにしようとした。

そのとき。

銀色の何かが飛来して、暗殺者の首筋に刺さった。

「アッ」

暗殺者はおのれの首筋に手をあてがった。深く刺さっていた何かを引き抜く。と同時に切れた血管から血が噴き出してきた。

首に刺さっていたものはクナイであった。両刃の短刀である。

暗殺者はおのれの死を自覚したのかしないのか、愕然と目を見開いていたが、やがてブルブルッと身体を震わせて崩れ落ちた。

「何奴！」

襲撃者の頭目らしき武士が、吹きすさぶ雪の彼方に目を向けた。雪を巻き上げながら白い被衣の三人が駆け寄ってくる。その足運びには見覚えがあった。能役者のそれだ。

小面《こおもて》を掛けて女に扮した能役者が、被衣を頭上に翳《かざ》しつつ、橋掛《はしがかり》を小走りに入場してくる、そんな姿に見えたのだ。

なにゆえここに能役者が、と思う間もなく、バッと被衣を脱ぎ捨てた三人が、それぞれ得物を手にして斬りかかってきた。

先頭を走る長身の男が、刀の柄に手を添えるのと同時に抜刀した。その瞬間には、配下の一人が腹を斜めに斬り上げられていた。

斬られた配下は血を噴き出しながらのけ反り倒れた。

抜く手も見せぬ——とはまさにこのこと。頭目の目には、一瞬ギラリと鈍い刀身が光って見えただけであった。

「居合か！」

凄まじい手際である。

凄まじさでは連れの二人も負けてはいない。一人は蜘蛛のように長い腕を振り回し、クナイを次々と投げつけてくる。的確に急所を狙った投擲《とうてき》だ。避けそこなえば命に係わる。

蜘蛛男のクナイばかりに気を取られている隙に、黒ずくめで長身の男に踏み込まれて斬りつけられた。

さらにもう一人は、片手に握った鉄の鎖と小刀を巧みに使って攻撃してくる。鉄の鎖を相手の刀に巻きつけて、グイッと引き寄せながら身を寄せて、小刀で咽首を刈り取るのだ。

頭目の男はカッと赫怒《かくど》して叫んだ。

「ええい、何をしておる！　相手はたったの三人ぞ！」

白襷姿の曲者たちも選りすぐりの強者《つわもの》である。一時の動揺からすぐに立ち直り、三人に向かって陣形を敷き直した。

「キエェエイッ！」

裂帛《れっぱく》の気合を発し、曲者の一人が長身の男に斬りかかった。鈍く輝く刀身が一直線に男の額を襲う。

頭目の目にも、『仕留めた！』と思えた瞬間だった。

だが。一瞬のうちに腰をかがめた男は、スルッと相手の間合いに入身《にゅうしん》し、剣の下をくぐり抜けるのと同時に、腰の刀を抜きつけた。

ビュンッと、斜めに振り抜かれた剣の先から血が飛び散る。曲者は「グワッ」と悲鳴をあげて転倒した。ドサッと倒れ伏した男の腹から内臓が溢《あふ》れて、雪原いっぱいにぶち撒《ま》けられた。

「これは……！」

頭目は思わず身震いをした。

頭目は知らぬことである。この居合斬りは林崎神明無想流《はやしざきしんめいむそう》。肥後加藤家が誇る御家流であった。

出羽の住人、林崎甚助重信《じんすけしげのぶ》が編み出した抜刀術を、加藤清正が惚れ込んだ。三顧の礼で剣術指南役に招き入れ、家中《かちゅう》に広めたのだ。

文禄慶長の役では、明国の武術を相手に全勝無敗。遠く異国にまで威名を轟《とどろ》かせた必殺剣であった。

「ぬうっ！」

頭目は腰の刀に左手を添えながら走りだした。

配下の者どもとの力量は確然としている。このままでは全滅させられる。

そう思う先から別の剣士が斬り倒された。いつの間にか、手勢は数名に減っている。

この窮状を逆転するには頭目自らが参戦し、謎の三人を斬り捨てるよりほかない。

勝てるかどうかはわからない。が、この長身の男には、剣客の血を滾《たぎ》らせる何かがある。斬り結んでみたいと思わせる何かをもっていた。

駆け寄りつつ、腰の刀を抜く。肩に担ぎ上げながら、鋭い気合を長々と発した。謡《うた》うようなその声は、そのまま『唱歌《しょうが》』と呼ばれている。吹きすさぶ大雪の中、視界も定かならぬ大気を切り裂き、雪原に積もった雪の結晶を震わせるほどの音声《おんじょう》であった。

長身の男が振り向いた。なにやら訝《いぶか》しげに目を細めているのは、横殴りの雪だけが原因ではないだろう。

頭目は剣を油断なく構えつつ、相手の間合いの数歩手前で停止した。視線を合わせた二人のあいだで剣の気勢がムラムラと膨らんでいく。

しかし男は、殺気も闘志も感じさせない素振りで、ポツリと口を開いた。

「新陰流か……」

頭目は、己《おの》が流派を一目で見抜かれたことに愕然とした。

長身の男は、むしろ悲しげに眉間を曇らせた。

「徳川家御家流の剣客が、上野介殿を殺すのか……」

ユラリと長身の影が揺れている。

頭目は腹を固めた。ここまで見抜かれてしまった以上、ここにいるすべての敵を皆殺しにするしかない。徳川家内で繰り広げられる内紛を、世に知らしめるわけにはいかないからだ。

徳川の家は忠義の家。

今川家での人質時代や、信長、秀吉の政権下での苦難の時代も、君臣一体となった忠義の心で乗り越えた——という、一種いかがわしい政治宣伝によって支えられた政権なのだ。

であるからこそ、その実態であるところの醜い内訌《ないこう》は、けっして世に知られてはならぬのである。

新陰流の目指すところは『活人剣』。剣をもって人を活《い》かす道である。

人殺しの技術であるはずの剣で、人を活かす。禅問答のようではあるが、これこそが、新しい偃武の世、徳川の治世に相応《ふさわ》しい剣であるはずだった。

だが。今はそんな理想論など唱えてはいられない。殺人剣の本義に戻って、この者どもの命を絶たねばならなかった。

「まいる!」

頭目はスルスルと歩を進めて身を寄せた。

が、またしても、愕然と目を見開かされる破目に陥った。

男はスラリと剣を抜いたのだ。

「居合が抜くのか」

抜刀術の勝負は鞘の内にある。抜ききってしまえば威力は半減する——とされている。

男は抜ききった剣を斜め上方に高々と掲げた。

頭目は「ヌッ」と呻《うめ》いた。

「甲段《こうだん》の構え……。タイ捨《しゃ》流か！」

柳生新陰流の創始者、柳生石舟斎《やぎゅうせきしゅうさい》と、タイ捨流の創始者、丸目蔵人佐《まるめくらんどのすけ》は、ともに剣聖・上泉伊勢守信綱《かみいずみいせのかみのぶつな》の高弟であった。

二つの流派は、兄弟のような関係にある。

にもかかわらず、目指すところは大いに違う。

柳生の剣は影目録に曰《いわ》く、『風を見て帆を操り、兎を見て鷹を放つがごとく』を理想とする精妙な剣だ。相手の気合、太刀捌《さば》きに合わせて剣を使い、後《ご》の先《せん》を取って勝利する。後手必勝の剣であった。

その行き着くところは『剣で人を活かす道』である。相手の出る先を残らず封じて、抜くに抜けず、斬りつけるに斬りつけられない境地に押さえ込む。相手の剣気を我が掌《たなごころ》に包み込み、出足を封じ、戦う前に勝利するのだ。

一方のタイ捨流は、戦国往来の介者《かいしゃ》剣術の流れを汲む。兜《かぶと》も鎧《よろい》もものともせず、一刀のもとに斬り倒すことを本義としている。

タイ捨流より派生したのが薩摩の示現《じげん》流であることを思えば、その激しさが想像できよう。

なにゆえ同じ師匠から剣を学んだ二人が、これほどまでに異なる道を選んだのか興味は尽きないが、それは本人たちにしか理解できないことであろう。

頭目は、神経を研ぎ澄ませ、後の先を狙いつつジリジリと詰め寄っていく。

構えはあるようで無い。無いようで、ある。『無行の位』である。だらしなく放恣《ほうし》したかのごとき姿で相手の激発を誘う。その打って出んとする瞬間を捉えて打ち返す。平静に澄みきった水鏡に月影を反射させるがごとく、相手の剣気を跳ね返して斬る。『水月』とも『転《まろばし》』とも呼ばれる新陰流の奥義《おうぎ》であった。

一方で男——波芝信十郎は、高々と構えた長刀を、即座に斬り落とす身構えで迫ってきた。

二人のあいだで殺気が膨らみ、頭目の爪先が、ジリッと端境《はざかい》を踏み越えた。

その瞬間。

凄まじい気合が二人の喉から放たれた。

二尺六寸の長刀が斬り下ろされる。その一瞬に頭目の剣が突き出された。

「――イヤッ！」

二つの影が行き違った。

信十郎の剣は頭目の肩を袈裟斬りに裂いていた。一方、頭目が放った転の剣は、信十郎の身体の横を流れ、何もない空間に放たれていた。

頭目の身体がドサッと崩れる。切断された血管《ちくだ》から血を噴きながら二度三度と身を反したが、やがてグッタリと絶命した。

残りの暗殺者たちも鬼蜘蛛とキリの活躍で討ち取られた。雪の中に骸《むくろ》が何体も転がっていた。

雪は深々と降り積もる。死者が流した血潮を白く覆っていく。

死体は雪の下に封じ籠められていく。

ふたたび人目にさらされて、この地の惨劇が知れ渡るのは、来春のこととなるであろう。

信十郎は、投げ捨てられた乗物の側に身を寄せた。片膝をついて一礼する。

「本多上野介様とお見受けいたしまする。それがし、公方様の命を受け、陰ながらお護りいたしており申した」

が、返事がない。それどころか、人の息づかいすら感じられなかった。

信十郎はハッとした。

「御免……！」

引き戸をカラリと押し開けると、そこには、前髪立ちの小姓が一人、喉を短刀で突いて絶命していた。

「これは⁉」

まったくの別人である。本多家の家臣であろうか。最初から主君正純の身代わりとなって死ぬ覚悟であったのだろう。

鬼蜘蛛も覗き込んできて、呆れ顔で溜め息をついた。

「囮《おとり》やなぁ……。わしらも曲者どもも、まんまと本多に誑《たぶら》かされてしもうた」

影武者の駕籠を延々と追ってきたのだ。いまさらながら、本多正純の知謀の恐ろしさが身に沁みた。

三

その頃。本多正純を擁した佐竹家の本隊は、羽州街道を北上し、大雪の積もった雄《お》勝《かつ》峠を踏み越えて、佐竹領に達しようとしていた。

皆、筋骨の逞しい武芸者揃いである。

佐竹家の旧領の常陸には、鹿島明神、香取明神の宮があった。鹿島神流《かしましんりゅう》と香取神道流《かとりしんとうりゅう》はそれぞれ、日本の剣術の始祖の一つに数えられる。当然のように、佐竹家中にも武芸達者が揃っていた。

一行は息せき切って峠道を上っていく。蓑笠に雪を積もらせている。一見して、大《たい》身《しん》の武士には見えぬ姿だ。猟師の集団か、巡礼の一団のように粗末で野卑な姿であった。

「上野介殿、大事ござらぬか」

佐竹家の侍大将が振り返って訊《たず》ねた。

出羽の大雪は本多正純の智嚢を以《もっ》てしても、想像しがたいほどに険《けわ》しいものであった。

「ああ。まだ、なんとか足は動いておるようじゃ……」

真っ白な息を吐き、雪の中でも大汗を垂らす。

自分の命が狙われていることはよく知っている。

正純の宿敵たちは、正純に劣らぬ陰謀家揃いだ。おさおさ油断はできない。ここで足先が凍傷で腐り落ちようとも、肺腑や心臓が張り裂けようとも、一刻も早く佐竹領内に逃げ込まねばならなかった。

「今頃、お駕籠は有耶無耶の関を越えた頃合いでござろうかのぅ」

侍大将がのんびりとした口調で語りかけてきた。

正純は息が弾んで返事すらできなかったが、頭の中では、おそらく今頃は、皆殺しにされておるであろう――と計算していた。

曲がりくねった山道を進む。竹が雪の重さに堪えかねて低く撓《しな》っている。一行が近づいていくと、その振動で雪の塊がドサッと落ちた。

「おお、雄勝峠じゃ。上野介殿、あれを越えればもう、安心でござるぞ」

峠の一帯は、尾根道が切り広げられ、見晴らしのよい高原になっていた。冬の北風が強すぎて、植物が根づくことができないのであろう。

突如として強風が吹きすさび、雪雲が渦を巻いて散った。冬の澄んだ青空が顔を覗かせる。ギラリと陽光が差してきた。

雪原に眩《まぶ》しく反射する。一行は目を眩《くら》ませて立ち止まった。

と、そのとき——。

峠道の雪の中から黒い何かが這い出てきた。雪原がムクッ、ムクッと盛り上がり、雪覆いをはね除けて立ち上がる。

佐竹の隊列と本多正純は、いまだ眩しさに目も開けられないでいた。その隙に雪を踏み越えて走ってきて、刀をスラリと抜いた。

「あっ！」

隊列の先頭に立っていた嚮導役《きょうどうやく》（道案内）の猟師が悲鳴をあげた。

曲者どもは、遮光器《しゃこうき》を目に掛けていた。薄く切った板に細長い穴を開けたものだ。遮光器で目を守り、雪の眩しさも苦にせず斬りつけてくる。猟師と侍二人があっと言う間に斬り捨てられてしまった。

曲者たちは続々と湧いてくる。どうやら、正純の意図を見抜いて待ち伏せをしていたらしい。

「おのれッ！」

異変に気づいた佐竹の侍大将が腰の刀に手を伸ばした。眩しいなどとは言っていられない。配下の武士たちも抜刀して斬り防ぎはじめた。

雪の中で壮絶な斬り合いが始まった。足元もおぼつかぬ大雪だ。道場稽古のつもりで勢いよく踏み込んだ足がズブッと膝まで埋没する。

敵も味方も大雪の中、こけつまろびつ、転がりながら斬り結んだ。討手は柳生新陰流の遣い手揃い、一方の佐竹家も、香取神道流や鹿島神流の遣い手だ。雪にまみれて転げ回りながらも壮絶な剣を振るっている。千切れた腕や指が、白い雪の上にいくつも転がった。

だが。

人目を避けるため、故意に人数を削った佐竹家側が次第に劣勢になってきた。

佐竹家の剣客たちも焦りを隠せない。顔色が悪いのは、雪と大気が冷たいからばかりではなかった。

雪の上をジリジリと押されていく。このままでは峠から押し出され、千尋の谷に突き落とされてしまうだろう。

そのとき。

一行に護られ、一人だけ丸腰でいた本多正純が、突如、張り裂けんばかりに喉を膨らませた。

「伏せろッ！」

一喝された佐竹の家士らが身を低くさせた瞬間、

──ズダダーーーン!!

凄まじい銃声が山並みに谺《こだま》した。

曲者たちが何かで弾かれたかのように身を硬直させた。胸板に穴が穿《うが》たれて、真っ赤な血飛沫《しぶき》を撒き散らした。

もんどりを打って転倒する。

さらにまた銃声、曲者の数名がバタバタと倒れていく。

「おお、来てくれたか！」

正純が満面を綻《ほころ》ばせる。視線の先の尾根では、膝立ちになった者たちが列を作って交互に鉄砲を撃ち放っていた。

天蓋を外した虚無僧たちだ。尺八の包みに見えた袋の中から銃身を取り出し、托鉢の鉢に隠した火薬と弾とを詰め込んでは撃ち放ってくる。全員が狙撃の名手揃い。銃も特に精度の高い逸品を揃えてきたようだ。

この時代の火縄銃の命中精度はそれほど高くなく、後世のライフル銃などとは比べるべくもないが、しかし、特に良くできた銃身と、丁寧に鋳造して磨いた弾を使えば、それなりの射撃精度が期待できた。

実は、火縄銃の以前にも日本には、棒火矢と呼ばれる鉄砲があった。しかし、この棒火矢はあまりにも命中精度が悪かったがために廃《すた》れた。

火縄銃は、ある程度の命中率が期待できたからこそ、戦場の女王として君臨することができたのだ。

むろん、それでもこれほどの命中率は、火薬の製法など、秘伝を識《し》る集団のみが成し得るものである。

謎の虚無僧たちは盛んに銃を撃ち放ち、本多を襲った曲者たちを、一人、また一人と絶命させていった。

曲者たちにはなす術もない。

「引けッ！　引けッ！」

頭目らしい男が叫ぶ。一斉に身を翻《ひるがえ》すが、やはり深い雪の中だ。今度は背中を狙い撃たれて無残に倒れた。

ようやく峠から逃れることができた者も、雪の斜面を転げ落ち、そのまま谷底に吸い込まれた。長く尾を引く悲鳴が、はるか下のほうから聞こえてきた。

峠は静寂を取り戻した。虚無僧たちは銃を担いでやってきて、本多の前に片膝をついた。

さすがに本多は策士である。取り繕《つくろ》っている。今まで命からがら雪の中を転がり逃れていたのに、もう余裕ある表情を取り繕っている。スックと立って虚無僧たちを睥睨《へいげい》し、満足そうに頷いた。

「大儀でござった」

虚無僧の頭目らしい男は、ふたたび頭を低くさせた。

「それがし、根来《ねごろ》鉄砲同心――」

「あいや」

正純は相手の挨拶を押しとどめた。

「そこもとらがどこの誰なのか、また、どなたのご命令で、この正純を助けにまいられたのかは、言わぬほうがよい。聞かぬほうがよいのじゃ」

「いかにも」

虚無僧は、彼自身も闇の者であるらしく、本多の言葉を納得して受け入れた。

スラリと立ち上がり、一礼した。

「しからば。影のお供はこれにて御免被りまする」

「うむ。すでに我らは佐竹殿の御領地に入ったも同然じゃ。この正純の命を狙う曲者どもは皆死んだ。――ご苦労にござった。この正純が礼を申しておった、と、御主《おんあるじ》殿にお伝えあれ」

「ハハッ」

虚無僧たちは身を翻して去って行く。雪山にはあまりにも似つかわしくない姿と隊列だ。まさに山怪とでも呼びたくなるような一行であった。

「上野介殿……」

佐竹の侍大将が、おそるおそる訊ねてきた。

「あの一行は……。あれも徳川家の隠し旗本でござるか」

徳川家康が、服部半蔵をはじめとする伊賀忍者や、甲賀忍者などを扶持《ふち》していたことは知られている。あの虚無僧どもも、そういった闇の旗本なのであろうが、それにしても。

佐竹の侍大将は身震いをした。あまりにもおぞましく、不気味な集団であった。あれらが徳川幕府を陰から支える者どもであるとしたら、徳川幕府に対する認識も、大きく改めなければなるまい。

それも、良い方向にではなく、悪い方向に改めねばならないであろう。

徳川家が、栄《は》えある武士の頭領に相応しい家柄であるのかどうか、極めて疑わしく感じられていた。

本多正純は――。

侍大将の言葉など耳に入らぬ様子で、雪の山並みを睨みつけていた。

「おのれ……！」

この峨々たる山々のはるか彼方に江戸がある。手を伸ばしても叫んでも、けっして届かぬ距離である。

この雪山は牢獄だ。

かつては徳川家康の懐刀として幕政を切り回し、豊臣家を滅亡させ、徳川家弥栄《いやさか》の基礎を築いた正純を閉じ込める牢獄なのだ。

しかも。この北国に流してもなお、安心できずに刺客まで送り込んできた。

「おのれ、この恨みは忘れぬぞ！」

正純の目は真っ赤に血走り、今にも血涙を迸《ほとばし》らせようかというありさまだ。

眼下から風が吹き上がってきた。叢雲が渦を巻いて押し寄せてくる。山並みは一気に閉ざされて雪が激しく吹きつけてきた。

正純の袂が激しくはためく。それでもなお正純は、はるか彼方の江戸を睨み据えていた。

四

尾張国。犬山——。

犬山三万石は、尾張徳川家附家老《つけがろう》、成瀬隼人正正成《なるせはやとのかみまさしげ》の采地である。

木曽川の川岸に突き出した断崖の上に三層四階の天守が聳《そび》えている。濃尾平野にぽっかり浮かんだ浮島のような山塞で、はるか名古屋まで一望にできた。

成瀬隼人正は本丸を出て、岩坂門を下り、麓《ふもと》の居館に向かおうとしていた。

城内の曲輪《くるわ》を縫って曲がりくねった坂道を下っていくと、道の脇に総髪の虚無僧が蹲踞《そんきよ》しているのが見えた。

「おう」

城内に虚無僧とは異様な光景であるが、隼人正は心得きった顔つきで歩み寄り、正面に立ちはだかって声をかけた。

「浄真《じようしん》か。よう戻った。……して、首尾はいかに」

浄真と呼ばれた有髪の僧は、「ハッ」と低頭して答えた。

「上野介様、無事に佐竹領に入られました」

「左様か。うむ。大義であった」

「殿のご懸念のとおり、江戸より放たれた刺客どもが襲ってまいりましたが、残らず討ち取ってございまする」

隼人正の厳しい表情が、わずかに和《なご》んだ。

「せいぜい腕利きを集めたのであろうが、ふん、根来組の敵ではあるまい。あたら剣客も鉄砲の前では好餌《こうじ》にすぎぬわ」

「お褒めにあずかり恐縮にございまする」

「その刺客ども、土井大炊《どいおおい》めの手勢か」

「しかとはわかりかねまする」

「いずれ、大炊めが嚙んでおることは間違いあるまい。執念深いやつよ」

「まさか、あの上野介様まで使い捨て同然に討ち取らんとするとは、ただいまの柳営、いささか常軌を逸しておりまするな」

「秀忠はしょせん、その程度の男。幕閣どもの言いなりに操られておる木偶《でく》人形にすぎん。東照神君様が天下の権を容易に渡そうとせなんだ理由がよくわかろう」

「いかにも」

隼人正は、決然と顔を上げ、拳を握りしめた。

「土井大炊め、上野介を取り逃がし、腸《はらわた》を煮えくり返らせておるに相違あるまい。あやつめの思惑は、畢竟、大御所様への意趣返しよ」

「当然、その中には、大御所様の老臣であらした殿（隼人正）への復仇もございましような」

「いかにもじゃ。浄真――」

「ハハッ」

「いよいよ戦《いくさ》ぞ」

「はっ」

「秀忠とその老臣どもめ、おのれにとって目障りな者は、残らず攻め潰す覚悟と見える。越前松平家と本多上野が潰された今、次に狙うは大御所様の旧臣――すなわち、尾張徳川家と紀州徳川家にほかなるまい」

「御意」

「おさおさ潰されてなるものか。目にもの見せてくれようぞ」

隼人正の目が、瞋恚《しんい》の炎に揺れた。

「いざとなれば、こちらから手を打つこともあろう。おさおさ怠りなく勤めよ」

「ハハッ。秀忠、家光は天下の主の器にあらず。将軍に相応しき器量をお持ちなのは、尾張徳川家の当主、義直様をおいてほかにおわしませぬ」

「うむ」

「義直様が将軍となった暁には、殿もまた元のように、天下の大老へと復職なされましょう」

「ふふふ……。その折には、そのほうども根来組も、栄耀栄華のほしいままぞ。浄真、心して励むがよい」

平伏した浄真の前を通って、隼人正は居館に入った。

第二章　上洛前夜

一

元和九年（一六二三）。春。

凄まじい喧騒と、濛々たる砂塵が町内を包み込んでいる。褌一丁に法被《はっぴ》を着けた男衆が怒声を張り上げながら走り回り、さらにつづいて、荷を山と積んだ荷車が車軸を軋ませながら通り抜けていった。

江戸。京橋――。

江戸市中でも有数の隆盛を誇る町人地だ。

毎日が、朝から晩まで祭りのような大騒ぎである。とにかく、大勢の人間が尽きることなく押し寄せてくる。

徳川家の天下は誰の目にも明らかだ。

豊臣氏の政権と大坂の繁栄は一代で潰れたが、徳川家と江戸の繁栄は長くつづきそうだ。……ということになれば、当然、人が集まってくる。

徳川家の家臣団の定住から始まり、つづいて外様《とざま》の大名たちが江戸にすり寄ってきた。

彼らの居館の建築を目当てに、大工や職工たちが仕事を求めてやってきて、さらには全国から、一旗上げようと目論《もくろ》む若者たちや、禄を離れた浪人たちが集《つど》ってきた。

彼らの生活を支えているのは、日本橋や京橋、浅草などの商人である。まさに江戸の台所。凄まじい勢いで金と物資が行き交っていく。


そんな中。

キリがポツリと佇んでいる。十間（一八メートル）幅の大通りの真ん中だ。

春らしく梅を散らした小袖を身に纏《まと》っている。裕福な町人の娘という姿だが、ぼんやりと無表情に、何をするでもなく、立ち止まっていた。

キリの立つ周囲だけが、不思議な静寂に包まれている。人足たちや荷車も、キリに気づいた様子もなく、目もくれず、それなのに自然と避けて通りすぎる。

土埃までもがキリの周りを避けているかのようで、吹きつけてきた黄色い風は、キリの目前で渦を巻いて流れ去っていった。

「ここにおったのか」

信十郎が歩み寄りながら声をかけると、キリは顔を上げ、視線を向けてポツリと唇を開き、「あ……」と声を漏らした。

そんな様子が妙にあどけない。いつものキリの、研ぎ澄まされた気配は影をひそめていた。

キリの視線の先には、かつての渥美屋《あつみや》の跡地があった。

服部半蔵家の亡きあと、伊賀の忍びを統率していた服部庄左衛門《しょうざえもん》の屋敷である。その渥美屋庄左衛門は店を畳んで行方を晦《くら》ませてしまった。表向きは商人とはいえ、その実態は日本有数の忍家である。姿を隠したとなれば徹底的に足跡を消す。キリといえども行方を追うことはできなかった。

だが、それでよかったのではないか、と信十郎は思っている。

キリは、将軍秀忠に復讐するため、渥美屋庄左衛門をも裏切ったのだ。

服部家内部のことであるから、どのようにカタがついたのかはわからないが、それなりのしこりは残っただろう。

忍家とは冷徹なものである。庄左衛門とすれば、キリの命を奪わぬことにはおのれの体面を保てぬ事態になっているかもしれず、その場合、庄左衛門がどう出てくるかは、正直、誰にもわからない。

先方が姿を隠してくれたのなら、それはそれで結構な話だともいえた。

渥美屋の跡地には酒問屋が入ることになったらしい。店の主人らしい男が張り切って店子を差配している。かつてこの地に伊賀忍軍の拠点があった、などとは、夢にも思っていないに違いない。

「ゆくか」

信十郎が踵を返して歩きだすと、キリは足音もなくついてきた。

二人が歩く通りの彼方に、豪壮な天守閣が立ちはだかっていた。

白漆喰の塗籠壁に、白く輝く鉛瓦。五層五階、地下一階。雄大無比、天下一の大天守だ。

外様大名たちを使役しての本丸工事もようよう完成に近づいた。本多正純の謀叛騒ぎや越前忠直の反乱未遂などが起こるたびに、いっとき中断された大工事ではあったが、ようやっと、将軍様の居城に相応しい威容を天下に示しつつある。

「あの城が落成したら、いよいよ大納言殿の将軍職就任だな」

信十郎は誰に向かって言うともなく、呟いた。

大納言とは、秀忠の長子、家光のことである。

粗忽《そこつ》で軽々しく、思慮の浅い性格で、深夜の市中を勝手に徘徊して暗殺されかけたこともある。

この年、家光は十九歳（満年齢）。

年も若いが実年齢以上に精神年齢が未熟だ。

全国の武士を統《す》べる器量にも欠けているようだし、万人の手本となるべき人徳者でもなさそうだ。

で、あるからこそ、なのであろう。

父の将軍秀忠は、おのれの目の黒いうちに将軍職を譲り渡し、未熟な三代将軍を後見しながら育てていこうという目論見のようである。

「家光の将軍宣下《せんげ》は、京に上洛して行うらしい」

キリがつまらなそうな口ぶりで答えた。つまらなそうな口ぶりだが、別段、興味がないわけでもなさそうだ。ほんとうにつまらないと感じた事象は、わざわざ話題に上げるような面倒はしない娘である。

「京か」

「ああ。ひと波瀾ありそうだぞ」

「なにゆえ」

「秀忠は二十万からの軍勢を引き連れて行くらしい。家光の分も含めれば三十万を超すかもしれん」

天下分け目の関ヶ原合戦でも、東西両軍合わせて二十万の軍勢だった。

それが今度は三十万を超える規模だという。なにゆえそれほどの大軍を擁さねばならぬのかと言えば、京の天皇家と江戸の将軍家が、のっぴきならぬ冷戦状態にあるからだ。

天下を取った家康と秀忠の父子は、徳川家の娘を天皇家に送り込み、天皇家の外戚となることで、天下人としての正当性を手に入れようとした。

天皇家に娘を入内《じゅだい》させ（嫁入りさせ）、生まれた皇子を天皇位につかせることができれば、天皇の外祖父となれる。

この日本国では古来より、天皇の外祖父である——ということが、天下人の条件の一つでもあった。

蘇我氏や藤原氏などがこのルールに則《のっと》って朝廷を牛耳《じゆうじ》り、栄華を極めた。

武士の世になると、さっそく平清盛が娘の徳子（建礼門院）を高倉天皇に入内させ、安徳天皇を産ませている。

平家の滅亡後、天下の権を握った源頼朝も、娘の大姫を天皇家に入内させようと謀った。だが大姫は、上洛の途上、急死する。

つづいて三幡姫《さんまんひめ》を入内させようとするが、これまた急死した。

その後の、鎌倉北条氏、足利氏などは、頼朝の惨劇を見て怖《お》じ気づいたわけでもなかろうが、入内には興味を示さなかった。

だが、徳川家康は源頼朝を天下人の師と仰いだ男である。

頼朝に倣《なら》って一族の娘を入内させ、天皇家の外戚として日本国に覇を唱えんと企図したのである。

かくして——。

秀忠の五女、和子《まさこ》が、後水尾帝に入内することと相成った。

が、そのことが、朝廷と徳川との冷戦の引き金となってしまう。

家康も秀忠も、皇室の御曹司など意志薄弱な貴公子にすぎない——と、高を括っていたのであろう。だが、この後水尾帝こそ、この時代には極めて稀な人格の持ち主で、よく言えば孤高な個人主義、悪く言えばワガママで自己中心的、いずれにしても他人の意見には絶対に流されないという、少々扱いに困る人物であったのだ。

徳川家は三河の土豪あがりで遊行僧の子孫だという伝説もあり、せいぜい飾っても南朝の落武者程度の家柄である。

その南朝の落武者が問題なのであって、南朝の忠臣、新田義貞の末流を名乗る家柄では、北朝の天子の外戚には相応しくない。

この感覚はこの時代の差別感情でしか説明できない。『けがらわしい』というものだ。

朝廷は一丸となって和子入内に抵抗する。

徳川家は大鉈を振るい、反徳川の公卿たちに圧力を加え、それでも抵抗しつづける者は追放した。

かくしてどうにか和子入内はなったものの、大きなしこりが京と江戸のあいだには残された。

「……そこへ秀忠が、大軍を率いて乗り込んでいく」

キリが呟いた。信十郎も頷き返す。

「帝とその周辺は、泡を食って怯えられることであろうな」

「怯えておるだけならばよい。じゃが、帝の周辺には、途轍もなく意地を張った跳ねっ返り者が貼りついておる」

帝の権威と栄光を鼻にかけ、大義ばかりを振り回すのに夢中になって、現実が見えなくなっている連中だ。

「うむ……」

信十郎は大和忍びと縁が深い。大和忍びも服部半蔵家も、本来なら皇室を守護するべき家柄である。であるからこそ、御所の周辺に寄生した者どもの、気位の高さと頑迷さ、融通の利かなさは理解していた。

——あやつらが、まかり間違って『帝を守護する』などと言いだしたら……。

勤皇をはき違えて暴走し、秀忠の行列に斬り込むことも考えられる。

——これはいかんな。

と、信十郎は思った。が、その顔つきは、爛漫の春を映した呑気なものだ。

信十郎の精神構造は、先の不安を慮ってクヨクヨと思い悩むようにはできていない。生来楽天的であるし、それに彼は、まだ若かった。

「よし。気分直しに、なんぞ美味いものでも食いに行こう」

唐突に話題を切り替え、呆れ顔のキリを引き連れて、いそいそと歩きはじめた。

五層の天守が、そんな二人を見下ろしている。

二

家光は、本丸工事の喧騒を避けて、本多《ほんだ》忠政《ただまさ》の屋敷に移っていた。お付きの奥小姓衆や側近の松平《まつだいら》長四郎《ちょうしろう》信綱《のぶつな》（のちに伊豆守に補任して智恵伊豆との異名をとる）、それに乳母の斉藤福《さいとうふく》（のちの春日局）らが伺候していた。

仮住まいとはいえ、将軍家世継ぎの御座所であるから、本多家としてもおざなりにはできない。わざわざ広間を新築した。小さいながらも上段ノ間を備え、家光の御座所に相応しい威容を整えさせていた。

「でかした！」

鼓膜をつんざくような大声が、その上段ノ間から放たれた。

「ついに、上洛の日取りが決まったか！」

手にした扇子で膝をポンと打ち、なおも興奮を抑えきれない様子で、大納言家光が立ち上がった。

下ノ間には松平信綱が端座している。家光より九歳年長の二十八歳。新進気鋭の若手官僚である。

家光が生誕した際、九歳で小姓に抜擢された。九歳の子供を零歳児の赤ん坊に付けてどうするのか、と思うのだが、それはそれとして信綱は、生まれついての利発さを発揮してめきめきと頭角を現わした。

家光の将軍就任が確定した今、前途は洋々と開けている。次期徳川政権の幕閣就任は疑いのないところであった。

信綱は端正な面《おもて》を伏せた。

「武家伝奏《ぶけてんそう》、三条西実条《さんじようにしさねえだ》卿より御返答があり、この七月、京にて大納言様をお迎えし、将軍宣下の宣旨《せんじ》が奉呈される儀、整いましてござりまする」

「でかした!」

家光はふたたび叫んだ。それればかりか、「キャキャッ」と小猿のような奇声まで張り上げ、その場で二、三度、飛び跳ねて見せた。

家光は能が得意である。たしかに能には飛んだり跳ねたりする演目がある。が、この場でそのような姿を見せるのは、あまりにも軽躁であろう。

信綱はわずかに眉根を曇らせた。

一方、家光の下座に控えた斉藤福は、感激の涙をこらえかね、袖で目頭を押さえていた。

家光の乳母に抜擢されて十九年。苦労の報われる時が来た。

家光の弟、甲府中将忠長《こうふちゅうじょうただなが》が、いっとき、後継者争いで家光に勝っていた時期があった。

たしかに忠長は、敵方の福の目で見ても、素晴らしい若君であった。

眉目秀麗で意気軒昂、利発で果断である。

忠長は生母のお江与によく似ている。そのお江与は『戦国一の美女』と謳われたお市《いち》の方の娘だ。お市は織田信長の妹であるから、忠長には織田家の血が流れていることになる。

まさに忠長は、信長を髣髴《ほうふつ》とさせる快男児なのだ。

もっとも、織田家の血をひくことでは、家光とて同様なのだが、この家光、徳川家の血がやたらと濃い。小太りで短軀、狸顔で風采はまったく上がらない。

さらには。抑鬱的で引っ込み思案で人見知り、無口で無愛想、かと思えば突如として狂ったように軽躁になるという、なんとも困った性格だった。

誰がどう見ても、忠長のほうが天下人に相応しい。

生母のお江与は自分によく似た才覚者の忠長ばかりを可愛がり、家康や秀忠に似た家光を敬遠した。

　家光は茫洋とした外見に似合わず、感受性の豊かな一面がある。兄でありながら弟の後塵を拝さねばならぬ屈辱に耐えかね、自害を図ったこともあった。

　福が苦心惨憺し、駿府の家康に直訴までして、家光を後継者に据え直したのだ。その心労を思えば、また、我が子同然に愛する若君の悦びを慮れば、一掬《いっきく》の涙の溢れるのを抑えられなくても不思議ではない。

「よろしゅうございましたなぁ……、若君様」

よよよよ……と泣き崩れる福に、家光がサッと駆け寄り、その両肩をしっかと抱き寄せた。

「それもこれも、そのほうのおかげよ。そちの愛は海よりも深い。今の余のあるは、すべてそちの愛ゆえじゃ」

「なんと仰せられます。もったいない……」

　福はますます泣き崩れた。

　ちなみに、斉藤福は天然痘の瘢痕《はんこん》の残る醜女《しこめ》であったらしい。さらには齢も重ねている。その老女を掻き寄せるのは狸顔の若者。まったく絵にならない二人だ。とてものこと見られた姿ではなかったであろうが、そこは実母同然、実子同然の間柄である。

「今日は余の、晴れの門出の日ぞ。涙は禁物じゃ。さぁ、笑ってくれ。喜んでくれ」

福は皺づらを引きつらせ、無理に笑い顔を作ろうとした。が、嬉し涙はあとからあとから湧いてきて、分厚く塗り固めた白粉《おしろい》を崩していく。

そんな二人の感動劇を、松平信綱が冷たい視線で眺めている。

信綱は『才あって徳なし』と評された男だ。人情味が薄い。格別に感情を動かされた様子もなく、頭の中ではまったく別のことを考えていた。

家光が将軍に就任することで巻き起こる波紋の行く末である。

信綱の智嚢をもってしても、解決しがたく、また、先行きの不透明な問題がいくつも山積されていた。

信綱は、険悪さすら感じさせる目つきで家光を見つめている。

状況が自分に不利だからといって、なんの工夫も抵抗もせず、早々に負けを認めて命を絶とうとしたり、一転、嬉しいからといって飛び跳ねたり、人目も憚《はばか》らず抱き合って涙したりと、実に軽々しく、かつ、薄っぺらな人格である。

重みもなければ厚みもない。つつけばすぐ破ける。火を点《つ》ければすぐに燃え上がる。

このように軽薄な者を将軍に据えて、徳川将軍家は、日本国は、ほんとうに大丈夫なのであろうか、と、家光の側近でありながら思った。

とはいえ、将軍の側近として天下の政《まつりごと》を采配するであろう自分の能力には、一点の不安も覚えていない。

冷たく澄みきった目で、上段の、将軍ノ座を見つめつづけている。

三

名古屋は尾張徳川家六十二万石の都邑である。

名古屋の名物はと言えば、『尾張名古屋は城で持つ』と俗謡で唄われたとおり、なんといっても名古屋城である。

名古屋城といえば、金の鯱《しゃちほこ》。慶長大判千九百四十枚を鋳潰《いつぶ》して作られた雌雄一対の大名物だ。

その鯱を屋根に戴く大天守は、五層五重地下一階、天守台の面積では江戸城大天守をも上まわる。

建築には豊臣恩顧の外様大名たちが総動員され、一日に二十万人もの労働者が城づくりに駆り出された——と伝えられている。

夏の陽差しを浴びて白漆喰の城壁が眩しく輝いている。富士の高嶺が尾張国に越してきた、と世に謳われたほどの威容であった。

尾張徳川家の当主、徳川義直が、二ノ丸御殿で執務している。何事か筆でしたためていたが、ふと、筆をとめると黙考し、カタリと筆を投げ置き、判物《はんもつ》をクシャッと丸めて捨てた。

憤懣やるかたない、といった表情である。

開け放たれた障子の向こうに本丸の石垣と天守が見える。漆喰壁からの照り返しが義直の机を照らしていた。

本丸にも御殿はある。

しかし、義直は尾張家当主でありながら、本丸御殿には立ち入らない。

本丸御殿は将軍専用である。名古屋城は対豊臣戦の本営となるべくして造られた城だ。

本丸御殿は将軍が宿営し、天守閣は将軍が軍事指揮を執るために建造されたものだったのだ。

結局、対豊臣戦では、心配された豊臣方の大攻勢もなく、豊臣恩顧の西国大名たちの離反もなく、あっけなく大坂近辺で片がついた。

名古屋城は無用の長物となったのであるが、それでも本丸御殿だけは、将軍専用の迎賓館として残された。江戸の将軍の所有物のままであり、尾張徳川家に管理が委託されているだけなのだ。

尾張家当主は本丸御殿での生活を許されず、二ノ丸にそっくり建てられたもう一つの御殿で生活し、藩政を司《つかさど》っている。

ゆえに尾張家の藩士たちは、本丸ではなく二ノ丸のことを『御城』と呼んでいる。義直と藩士たちにとっては、なんとも歯がゆく、腑に落ちないところであったろう。

その二ノ丸御殿で義直が嫌々ながらに執務しつづけている。

兄の将軍秀忠が東海道を上ってくる。将軍とお世継ぎ様の御上洛だ。街道となる尾張家には、藩主直々に解決せねばならない問題が山ほどあった。

しかし、義直にしてみれば、「やってられん」の一言なのである。

兄とその息子の威容を高めるための上洛なのだ。どうして自分が苦心惨憺して、街道を整備したり、宿舎を用意したりなどしてやらねばならぬのか。

しかも、それらの費用はすべて尾張徳川家の持ち出しなのである。

考えれば考えるだに腹が立つ。

義直はこれ見よがしに顔をしかめると聞こえよがしに舌打ちをし、さらには荒い鼻息を長々と吹き出した。

とてものこと、六十二万石の太守にして、従三位権中納言《じゅさんみごんちゅうなごん》に補任されている者とも思えぬ行儀の悪さだ。

このとき義直は二十二歳。

この時代の二十二歳、数えで二十四歳といったらいい大人だが、なにぶんにも我侭勝手な若君育ちである。家康には溺愛され、大名、旗本たちからはさんざんに煽《おだ》てあげられて育った男だ。

感情を抑える、という術《すべ》を知らない。

そんな義直の顔色を、尾張家附家老、成瀬隼人正正成が静かに見つめている。薄暗い二ノ丸御殿の、銀箔張りの障壁の前に黙然《もくねん》と座っている。

義直は家康の九男である。家康五十七歳のときの息子だ。関ヶ原合戦勝利の年（一六〇〇）に生まれた。家康にとっては重ね重ねの慶事である。

家康は、秀吉の死を境にして、大きく人格を変貌させた。小心な律儀者は影をひそめて、短気で大胆な独裁者となった。

秀忠の性格は、家康の前半生に似ている。

一方、長男の信康、次男の秀康、六男の忠輝、孫の忠直などは、晩年の家康に似ている。――と、成瀬正成は観察している。

家康という男は、今川での人質生活や、織田・豊臣傘下での苦労が長くつづいたので猫をかぶっていただけで、本来の性格は息子や孫たちのように、短気で暴力的な英雄気質だったのではないか。

変わったのは性格ばかりではない。

子供に対する愛情も大きく変貌し、我が子を溺愛するようになった。

長男の信康、次男の秀康、三男の秀忠などは、おおよそ、父親に愛されたという記憶を持っていなかったであろう。土井利勝や酒井忠世のように、子としてすら認めてもらえず養子に出された者までいる。

しかし、関ヶ原合戦後に生まれた子供たちは違った。

成瀬正成は、この家康の人格変貌を『天下一の権力者となったので、子供を人質に出す心配もない。ゆえに、臆することなく子供を愛せるようになったのだ』と解釈している。

弱小大名だった頃の家康は、大勢力に子供を人質に出さねばならないかもしれないという危機を常に抱えていた。

我が子を人質に出せば、ときには、その人質を見殺しにせねばならない場面も出てくる。

それが戦国時代である。

子供への愛に惑わされて取るべき道を誤ったり、殺された我が子のことでのちのち思い悩んだりすることのないよう、故意に、我が子を愛さなかったのであろう。

いかにも用心深くて思慮深い、家康らしい処世術だ。

とにもかくにも関ヶ原合戦後に生まれた子たちは、人質に出される心配もないので、いくらでも安心して愛することができた。

彼らは家康の手元で溺愛されながら育った。尾張徳川家の義直、紀伊徳川家の頼宣、水戸松平家（この頃はまだ、水戸家は徳川を名乗ることを許されていない）の頼房たちがそれである。

——つまりは、それがよろしくなかったのだ。

と、成瀬は義直を見つめながら思った。

この三人の御曹司たちに共通しているのは、『いずれは自分も将軍になれるもの』と信じて育った、否、育ってしまった、ということだ。

幼い子供だから道理もわきまえぬ、と言えばそれまでだが、三つ子の魂百までである。そして困ったことに、ほんとうに、将軍となる資格があることも、事実なのだ。

特にこの点で義直は格別であった。

なんらかの理由で秀忠がポックリと死ねば、弟の義直に将軍職が回ってくる確率も高かった。

だが。

今回の上洛で話は大きく変わってしまった。

甥の家光が将軍職を宣下される。父から子へと将軍職が受け継がれるのだ。

家光が死んだとしても、秀忠には第二子の忠長がいる（さらにはもう一人、保科家に養子に出された男子がいた）。

甥から叔父への家督相続は『逆縁』である。仮に秀忠と家光がつづけざまに頓死したとしても、もう、義直に将軍職が回ってくることは、ほとんどありえない。

「してやられた！」

と、意味もなく義直はむかっ腹を立てている。

してやられたも何も、いずれは家光に将軍職が譲られることはわかりきっていたのであるが、こうも早くに手を打たれるとは思わなかった。

秀忠のほうが、義直より上手《うわて》であった、ということだ。

それほどまでに悔しいのであれば、刺客でも放って秀忠親子を殺してしまえばいいのだが、義直にはそれができない。

なぜなら彼は、熱烈な儒教の徒であるからだ。

長幼の序を尊ぶことは儒家の基本である。弟の分際で兄に盾突くことなど許されないのだ。まして殺意を向けるなどもってのほかである。

思想や宗教にもブームがある。儒教はこの時代、ひとつのブームを迎えていた。

日本の伝統的な仏教は、戦国乱世の人々を救うことができず、のみならず檀家や信者を戦に駆り立てるような行為までして急激に信用を失墜させた。

代わって流入してきたキリスト教は、爆発的に人々の心を摑んだが、この時代の日本人も馬鹿ではない。むしろ平和ボケの現代日本人などよりよほど賢い。キリスト教宣教師が植民地支配の先兵であることにすぐに気づいて禁教の処置をとった（すでに長崎など、イエズス会に『寄贈』されていた土地まであった）。

それに代わって入り込んできたのが儒教である。

儒教は『権力者にとって都合のよい思想だから徳川家によって広められた』という

ことになっているが、しかし、「お前、今日からこれを信じろ」と言われて「ハイ、信じます」と答えるほど人間は単純ではない。

応仁の乱からつづく内戦で、ズタズタに破壊された社会のモラルと治安を再構築しなければならない、して欲しい。という熱望が、武士にも庶民にもあって、その彼らが頼るよすがとしたのが、徳川家の強大な軍事力による偃武と、頑迷なまでに序列を尊ぶ儒教だったのだ。

それほどまでに当時の社会は平和と規律を求めていた、ということだ。哀れである。

とにもかくにも。義直が熱烈な儒教の徒である、という事実は、いずれ徳川将軍家と信十郎に、大きな影を投げかけてくることとなる。

成瀬正成が無言で義直を見上げている。

成瀬に見つめられていなければ、義直はとっくに政務を投げ出していただろう。しかし、この書類を片づけるまでは成瀬は腰を上げない、梃子《てこ》でも動かない、とわかっているから、嫌々ながら執務している。

成瀬正成は永禄十年（一五六七）生まれの五十六歳。義直とは親子以上の年齢差がある。

　正成は、大御所時代の家康を支えた駿府年寄であった。父家康を誰よりも敬慕している義直であるから、その側近であった成瀬に対しても、一目《いちもく》も二目も置いている。我が家臣といえどもないがしろにできる相手ではなかった。


　成瀬正成は幼少の頃より家康に小姓として仕えた。

　早咲きの天才児であり、十七歳のとき、一軍を率いる侍大将に抜擢された。

　家康家中としては、最年少記録であるという。


　指揮していたのは根来の鉄砲隊である。

　根来鉄砲衆といえば、紀州根来寺の僧兵集団であるが、秀吉の天下統一に抵抗し、秀吉軍の総攻撃を受けて根来を追われた。

　で、なぜか、この僧侶にして鉄砲傭兵にして忍びでもあった武装集団は、三河の徳川家康を頼った。

　またしても家康という男の妖しさが垣間見えるエピソードであるわけなのだが、その根来鉄砲衆の指揮を任されたのが、成瀬正成であったのだ。

家康が秀吉に降伏、随身すると、例によって例のごとく秀吉の目にとまり、ヘッドハンティングされそうになる。五万石という条件で招聘《しょうへい》された。

が、固辞。

諦めきれない秀吉が家康まで動かして働きかけると、「どうしてもと言うならこの場で自害する」と秀吉、家康の眼前で大見得を切った、という。

家康に愛され、信頼されるわけである。

成瀬と根来鉄砲組は関ヶ原の合戦で大手柄を立てる。

どうやら小早川秀秋の陣に向かって発砲し、脅しつけたのは、成瀬と根来の鉄砲隊であったらしい。

天下を取った家康は、将軍職を秀忠に譲ったが、自分は駿府に隠居を装いつつ、大御所政権を樹立して天下に号令をかけつづけた。

その大御所政権において側近として活躍したのが、本多正純と成瀬正成であった。

江戸の秀忠は将軍とはいえ、その実態は『徳川の殿様』で、関東一帯に広がる徳川領を管理していたのにすぎない。

実際には、天下人の政権は駿府にあって、成瀬正成はその舵取り役を演じていたのだ。

将軍秀忠附年寄の大久保忠隣《ただちか》が、豊臣家の存続を巡って家康駿府政権と対立したことがあったが、忠隣は、将軍の老中でありながら、呆気なく改易させられた。

将軍秀忠も、秀忠附年寄の土井利勝も酒井忠世も、家康と本多正純と成瀬正成の敵ではなかった。なんの抵抗もできずに、秀忠政権のナンバー2を潰されてしまったのだ。

この頃の本多正純、成瀬正成は、まさに天下の大老であった。秀忠でさえ、頭の上がらぬ権臣であったのだ。

正純・正成のコンビは大坂攻めでも能力を遺憾なく発揮する。有名な内堀埋め立てを計画し、埋め立ての奉行となったのもこの二人だ。

秀吉が造ったアジア随一の大城塞も、自慢の防御力を奪われてはどうにもならない。徳川家の総攻撃を受け、即日、落城した。

と、ここまでは、成瀬の花道だったのだが、運命は突然に暗転する。

我が子義直に一家を立てさせようと考えた家康が、成瀬に対して、その附家老となるように命じたのだ。

成瀬は愕然とした。

家康の子であるとはいえ、義直は『ただの大名』である。

その家老といえば陪臣だ。

将軍から見れば、家来の家来、『またもの』である。そのへんに転がっている直参旗本や御家人より劣る社会身分なのだ。

家康がなにゆえ大功を立てた有能な側近を――しかも天下人の政権の老中を、陪臣の身分に落としたのか。

それほどまでに我が子の義直がいとしくて（親バカで）、義直を支えるための優秀な家臣を必要としていた、というのも理由であろうが、あるいは、もしかしたら、成瀬の身を案じての措置だったのかもしれない。

駿府の大御所政権は、事あるごとに江戸の秀忠政権と衝突してきた。そして勝利者は常に、家康とその側近たちだった。

秀忠や土井利勝や酒井忠世たちから、当然に怨みを買っている。家康が死んで後ろ楯のない身となれば、即座に復讐されるであろう。

そこで義直の家臣にしてしまう。大名家の家臣となれば、秀忠にとっては『余所《よそ》の家の家来』である。将軍といえども、あれこれ指図するわけにもいかず、腹を切らせるわけにもいかない。

家康の深慮遠謀である。

しかし成瀬にとっては、正直なところ家康の配慮は有難迷惑だった。

自分は徳川家のために尽くしてきた、という自負がある。秀忠も当然、自分の功績を理解しているはずだ、と信じていた。

秀忠政権でも能力を発揮できるし、今後は秀忠を支えるのにやぶさかではない、と考えていた。

しかし、やはり大御所家康に逆らえるはずもなく、嫌々ながらに尾張家の附家老となったのだが――、そんな中で突然勃発したのが、本多正純改易事件である。

成瀬はまさか、と思った。

秀忠の幕閣となった本多正純は、政権の中枢を占め、筆頭年寄として辣腕を振るっていた。

福島正則を改易に追い込んだ手腕などには、秀忠も満足していたはずである。

それなのに、突然、謀叛の罪をでっちあげられて追放された。

成瀬は啞然とした。

成瀬の配下には根来鉄砲衆がついている。尾張家に赴く際、家康に特に請願して、配下の根来衆を引き抜いたのだ。

その用心が役に立った。

成瀬は根来衆を放った。彼らは忍者でもある。

根来衆は江戸に潜伏し、土井利勝による正純暗殺計画を摑んできた。

成瀬は、盟友・正純を救うため根来鉄砲衆を出羽に送った。根来衆は期待に違《たが》わぬ働きで土井利勝の陰謀を打ち砕いた。

それでも、正純は失脚したままである。成瀬は暗澹《あんたん》とした。

自分も将軍家直臣のままであったなら、正純のようにあらぬ罪をでっちあげられ追放されるか、殺されるかしていたであろう。

——おのれ、秀忠め。

たしかに大御所政権時代、秀忠とその側近たちには辛く当たったかもしれない。しかしそれは、徳川家の天下を確立するためではないか。

家康の政策に素直に従っておればいいのに、何を意図してのことか、チョコチョコと小賢《こざか》しく反対意見を突きつけてきた江戸に問題があったのだ。いちいちつまらぬ条件をつけては、自分たちの体面をすこしでも立たせよう、などと目論み、大御所様のご機嫌を損ねた秀忠と側近たちの不見識が原因なのだ。

と、成瀬は思っている。

――おのれ、このままには捨ておかぬ。

成瀬とて、大御所政権で老中を務めた名臣である。配下には根来鉄砲衆が控えている。尾張徳川家六十二万石の経済力と、義直という神輿は、一発逆転の大博打を打つのに十分な元手となるだろう。

さらに本多正純も死んだわけではない。秋田に逼塞《ひっそく》しながらもさまざまな策を練り上げているに違いない。

秀忠、利勝など物の数ではない。

成瀬正成は、義直などよりはるかに深刻に、江戸に対しての憎しみを募らせていたのである。

「これでよかろう」

その義直が顔を上げた。ようやく書き上げた判物に署名、花押《かおう》を書き入れる。右筆《ゆうひつ》の者が恭《うやうや》しく受け取り、印を押した。

「わしは疲れた。暫時《ざんじ》休む」

そう言い残すと腰を上げ、奥に向かってドスドスと歩いていった。そのほかの細々《こまごま》とした政務は、成瀬たち重臣に任せようという所存のようだ。

成瀬もそのほうが仕事が早くすむので好都合だ。

尾張徳川家を構築したのは徳川家康だ。家康が可愛い我が子のために選んだ有能な役人たちが尾張徳川家を動かしている。

義直がちょっとぐらい破目を外したところで、どうこうなるという話ではない。

四

成瀬正成が二ノ丸御殿を下がろうとすると、

「隼人正殿」

と、奥の入り側（畳廊下）を回ってきた男に呼び止められた。

「おお、これは」

隼人正もわずかに威儀を正して一礼を返した。

竹腰山城守正徳《たけのこしやましろのかみまさのり》が微かな笑みを口元に忍ばせながらやってきた。

この男もまた尾張徳川家の附家老である。

天正十九年（一五九一）生まれの三十二歳。同じ附家老だが、成瀬とは二十四もの年齢差がある。

竹腰正徳は、実は、尾張義直の異父兄である。母は男山八幡宮の社家、志水宗清《しみずむねきよ》の娘、お亀《かめ》の方（実名不詳）。家康の死後に出家して相応院の法名を受けている。

竹腰助九郎光昌《すけくろうみつまさ》という武士がいた。お亀の方の最初の夫である。

美濃斉藤家に仕えていたのだが、斉藤家の滅亡後、京都あたりで浪人していた。なんのゆえあってか身重の妻を離縁したのだが、このとき胎内にあったのが正徳である。

離縁されたお亀の方は正徳を産み落とした。

正徳は竹腰家に引き取られ、祖父の家で育てられたらしい。父の光昌は流浪ののち上杉家に仕え、その後、なにゆえか、自害して果てたようだ。

お亀の方は、次に、秀吉の家臣で播州龍野五万石の大名、石川紀伊守の妻となる。紀伊守は関ヶ原合戦で西軍に与《くみ》して滅亡する。お亀の方はまたしても、腹に子を宿したまま寄る辺《べ》のない身となった。

お亀の方は絶世の美女であったらしい。最初は敵将の未亡人として家康に保護されていたのだろうが、美貌がゆえに家康の手がついて、虜囚が一転、側室となり、義直を産んだ。

ところで、石川紀伊守とのあいだに生まれた子であるが、家康の手で育てられ、石川光忠と名乗りを上げ、兄の正徳と同様に、弟・義直の重臣となった。祿高は一万と三百石である。

子供をころころと産み落としながらつづける女双六《すごろく》のような人生だが、とにもかくにもお亀の方は尾張六十二万石の国母となった。

竹腰正徳が尾張家の附家老に就任したおりの年齢は、なんと二十二歳。彼もまた早熟な天才である。

十七歳で侍大将となった成瀬もタイトルホルダーだが、二十二歳で家老となった竹腰もタイトルホルダーであろう。

いかに義直の異父兄という縁故があったとはいえ、まだ大坂には秀頼が健在であり、名古屋城は対豊臣戦の本営となるべく築かれた城塞で、にもかかわらず当主の義直は子供だった頃の話である。

家康は情に流されるような男ではない。正徳が愛する側室の息子だとしても、それを理由に最前線に封じるような愚行はしない。愛する女の息子であるなら、なおさら安全な後方に置いておくだろう。

正徳本人の能力と人柄が家康の鑑識眼に叶い、名古屋城を任され、かつ、可愛い我が子の義直の補佐役としてつけられたのだ。たいした男である。

竹腰正徳の背後にはもう一人、堂々たる体軀の男がつき従っている。

「おお、兵庫助《ひょうごのすけ》もまいったか」

偉丈夫がサッと頭を下げる。柳生兵庫助利厳《としよし》。尾張徳川家剣術指南役である。成瀬正成の推挙によって尾張家に仕えた。

いったい、柳生家の嫡流とはどこにあるのか、これがよくわからない。

柳生ノ里の領主は、石舟斎宗厳《せきしゅうさいむねよし》であったのだが、この領地は石舟斎の三男にして江戸柳生の総帥、徳川家剣術指南役、但馬守宗矩《たじまのかみむねのり》に相続された。

しかし。

柳生家を柳生家ならしめているところの、新陰流の宗家の座は、宗矩ではなく、兵庫助利厳に伝えられたのである。

新陰流第一世、上泉伊勢守が書き記したという秘伝書、俗に言う影目録四巻は、二世石舟斎の手から、孫である兵庫助へと受け継がれた。兵庫助利厳が新陰流第三世となったのだ。

ゆえに、新陰流の宗家が尾張柳生であることは間違いない。しかし、大和の地侍、柳生家の家督は宗矩にある。しかも宗矩は将軍家剣術指南役。兵庫助は尾張家剣術指南役でしかない。なんとも奇妙な捩じれ現象だ。


成瀬正成が兵庫助に目を向けている。竹腰正徳が代わりに答えた。

「中納言様のお呼びでございまして」

「ほほう、剣術のお稽古か。ウム、それはよい」

成瀬は満足そうに頷いた。

兵法は武家としての立派な表芸である。修養であると同時にいい暇つぶしだ。政治向きのことに嘴《くちばし》を突っ込まれてかき回されるより、竹刀を振り回してくれていたほうがよほどに好都合だった。

「中納言様がお待ちでござろう。お行きなされ」

「ハッ」

と二人は頭を下げて、成瀬の横を行きすぎた。

二ノ丸御殿を奥へ進んでいく。竹腰正徳は目を正面に据えたまま、堂々と廊下の真ん中を歩き、柳生兵庫助は、剣で鍛えた偉丈夫ながら、腰を屈め気味に、正徳の斜め後ろを従った。

柳生兵庫助は天下の名士ではあるが、尾張家での禄高は六百石にすぎない。一方、竹腰正徳は今尾三万石の領主である。

徳川幕府の決め事では、一万石以上が大名、それ以下が旗本である。竹腰正徳は尾張家の家老ではあるが、格式は譜代大名に準ずる。一介の剣客あがりの兵庫助とでは身分に雲泥の差があった。

正徳は、周囲に人けが絶えたのを見極めると、柳生兵庫助に声をかけた。

「隼人正殿のこと、いかがじゃ」

「ハッ」

兵庫助はやや腰を折って頭を下げ、目を伏せて答える。

「我が手の者どもが、根来衆の怪しい動きを摑んでおりまする」

正徳は、フム、と頷いて、

「我が手の者も、また、しかりじゃ」

と答えた。

柳生兵庫助には柳生ノ里から引き連れてきた高弟たちがいる。柳生ノ里は伊賀と甲賀に挟まれている。当然、それなりの忍術を伝承していた。

一方、竹腰正徳にも影の者たちが従っている。その由縁は少々複雑である。伊賀服部家はもちろん、柳生家や、南朝の名臣、楠正成にまで話が繫がってしまう神妙な故事を有していた。

「隼人正殿の動きから、目を離すでないぞ」

「ハハッ」

二人は義直の待つ、御座所へと向かった。

「おう、来たか」

成瀬を迎えたときとはうって変わって明るい声を義直は張り上げた。

竹腰正徳と柳生兵庫助が広間の下座に平伏している。義直は二人が挨拶するのも待たずに大股で歩み寄ると、

「今日は少々、工夫があるぞ」

小姓が差し出した竹刀《しない》を握りつつ、言い放った。

三人は庭に降りた。丁寧に掃き清められた白砂の上に遠慮なく足跡を残しつつ、羽織を脱いだ義直が竹刀を素振りしている。

兵庫助は肩衣も外して袴の股立《ももだち》を取った。竹腰正徳は庭の隅に蹲踞《そんきょ》した。

「まいるぞ、兵庫！」

気合もろとも義直が打ち込んでいく。二人が握っているのは、細く割った竹の棒を皮の袋で包み込み、さらに表面を漆で塗り固めた袋竹刀だ。表面がヒキガエルの肌のようになるので蟇肌《ひきはだ》竹刀とも言う。

新陰流の祖、上泉伊勢守の考案した稽古用具である。真剣や木刀を使った稽古とは異なり、これならば本気で打ち合ってもたいした怪我にはならない。

義直はビュンと竹刀を撓らせながら打ち込んだ。殿様らしい遠慮のない剣だ。なかなかに筋が通っている。

本人自ら『工夫がある』と高言しただけあって、実に珍妙な荒技を繰り出してきた。兵庫助は軽く受け流してあしらっていく。

兵庫助の目から見れば、若殿様の『工夫』など、小賢しいだけの邪剣にすぎないのだが、兵庫助は『それでいい』と思っている。

なんであれ兵法に興味を持ち、頭の中でいろいろと工夫するほどに熱心ならば上達も早い。曲がった太刀筋は指南役が直していけばいいのである。邪剣はことごとく打ち払い、義直をして正しい剣の扱いに目覚めさせてやればいいのだ。

それこそが指南役の務めであると思っている。

正道や正攻法とは、勝利に最も近い道のことだ。竹刀を振っているうちに、いずれそのことに気づくはずである。

義直はムキになって打ち込んでくる。次第次第に『工夫』なるものは影をひそめて、新陰流の正しい太刀筋になっていく。

竹腰正徳は、静かな眼差しで主君の稽古を見守った。

五

名古屋城東御門の外郭、白壁町に、成瀬正成の中屋敷はあった。

名古屋が繁栄を見るのは七代藩主、宗春《むねはる》以降のことである。

宗春は、質素倹約で財政難を克服しようとする将軍吉宗《よしむね》に対抗し、景気刺激策による内需拡大政策を推し進めた。

結果、不景気でかつ、取り締まりの厳しい江戸を逃れてきた商人や、役者、芸人、遊女などが押しかけてきて、名古屋はいきなりの大都市へと変貌した。

宗春以前の名古屋は、巨大城郭と武家屋敷しかない軍事都市だった。夜ともなると人の通りも気配も絶えて、墓場のような静寂に包まれてしまうほどであった。

そんな成瀬の屋敷に、深夜、訪《おとな》いを入れた者がいた。

門が開かれ、一人の男が静々と入ってきた。

歳の頃は三十代の半ばぐらいであろうか。漆塗りの立烏帽子を被っている。細面で優美な顔つきだ。唇だけがヌメヌメと紅く光っていた。

眉は剃られており、顔面全体に白粉を塗りたくり、置眉をしている。一重瞼の視線が伏し目がちに、数間先の地面を見つめていた。なんの感情も感じられない、人形のような顔つきだ。さながら、王朝時代の絵巻物から抜け出してきたかのような風姿であった。

「どうぞ、こちらへ」

と、有髪の僧侶が案内に立った。浄真居士《じょうしんこじ》である。

立烏帽子の男は、優美な物腰で玄関をくぐり、案内されるがままに、成瀬正成の座敷に入った。

「よう、まいった」

成瀬は床を背にして座り、尊大な口調で声をかけた。

立烏帽子の男は、伏し目がちのまま、折り目正しく一礼した。

「鴨顕道《かものあきみち》におじゃりまする」

成瀬は『フン』と鼻を鳴らして、

「左様におじゃるか。みどもが隼人正じゃ」

と、小馬鹿にしたような口調で挨拶を返した。

成瀬が相手を頭から見下しているのにはわけがある。

成瀬は従五位下、隼人正。帝から正式に官位を賜った貴族である。

一方、この立烏帽子の職業は陰陽師《おんみょうじ》。

陰陽師というと、なにやら王朝貴族のようで聞こえはよいが、その実態はさまざまだ。陰陽寮の頭《かみ》ともなれば参殿も許される殿上人だが、末端は河原で辻占をしたり、怪しげな祈禱をあげる拝み屋でしかない。乞食と変わらぬ稼業である。

従五位下隼人正と無位無官の拝み屋とでは、身分に雲泥の差がある。本来であれば同じ座敷に座り、口を利くことすら許されない。

もっとも、成瀬正成は家康とともに血みどろの戦場を駆けずり回り、殺した殺されたの末に立身出世を果たした男であるから、相手が庶民だろうが賎民だろうが気にせぬ度量はもっている。

それに——。

成瀬はチラッと浄真居士に目を向けた。

浄真はこの陰陽師に、ひとかたならぬ敬意を払っているようだ。成瀬にとって浄真は信頼するに足る影旗本である。その浄真が連れてきたのであるから、浄真の手前、ないがしろにするわけにもいかない。

「して、鴨殿とやら。この隼人正に、いかなる用向きか」

「はは」

鴨顕道は伏し目がちだった目をわずかに上げた。

とはいえ、成瀬の目を直視するような無礼は犯さなかった。

「まもなく江戸の公方様がご上洛なされるとやら、京雀のあいだでも、えらい噂となっておじゃりまする」

「で、あろうな」

「なんと、三十万を超える軍兵でおじゃるとやら。耳目を驚かす態とはまさにこのこと。都人《みやこびと》は気ィが小そうおじゃりますので、上を下への大騒ぎにおじゃりまする」

「ふん」

失笑の漏れそうになるのを、どうにかこらえた。

朝廷人の心胆をして寒からしめていること自体は、武士の一人として痛快である。何事につけ武家を蔑視する朝廷人たちが、顔を蒼くして震えているのを想像すると、腹の底から笑いがこみあげてきた。

顕道がつづける。

「木曽義仲の故事もおじゃれば、都人は枕を高ぅしては寝ておられませぬ」

源平合戦のみぎり真っ先に上洛を果たし、平家を追い落とした木曽義仲軍は、都で乱暴狼藉、略奪のかぎりを尽くした。そのときに植えつけられた『武士は恐ろしい』という記憶を、今も鮮明に残しているのが都人だった。

「和子中宮様の入内の際には、無理難題を力ずくで押しつけてまいられたのが、右大臣様（秀忠）。こたびも大軍をよろしいことに、どんな難題を突きつけてくるものやら、……と、生きた心地もいたしませぬ」

立烏帽子の白粉顔に言われると、なにやら殿上人に苦情を呈されているような心地になってくる。

成瀬正成としても、武家の長者たる将軍家の悪口を言わせたままにしておくわけにはいかない。懲らしめてくれようか、と、口を開こうとした瞬間、

「それに引き換え、尾張中納言様のご評判は、たいそうよろしゅうおじゃりまする」

と、機先を制されてしまった。

「む、左様か」

「はい。勤皇の志も篤《あつ》い名君である、あれこそ大将軍のご器量、と褒めそやす声しきりにおじゃりまするぞ」

「左様か」

成瀬正成としても悪い気分ではない。なんのかんのと言いつつも、義直をここまで育ててきたのは成瀬なのだ。

と——、口元を綻ばせていられたのもそこまでで、顕道は突然、途方もないことを言いだした。

「都人としては、是非とも、尾張中納言様に将軍職を継いでいただきたいもの、と、かように思案しておじゃりまする」

成瀬は『ウッ』と喉をつまらせた。顕道のしたり顔を、まじまじと凝視した。

「何を申しておる」

成瀬とて、小牧長久手の戦いなど、家康晩年の合戦に参加してきた猛将だ。目つきに凄まじい殺気をこめて睨みつけたが、顕道は意にも介さず語りつづけた。

「我らといたしましては、是非にも、次の将軍には、尾張中納言様にお就きいただきたく、願い奉る所存」

「それは、どなた様のお言葉か⁉」

顕道は突然、ナヨナヨと上半身を折ると、口元に扇子を押し当て、『おほほほ』と甲高い声音《こわね》で艶笑した。

「それは、語るなかれ聞くなかれ——におじゃりまする」

「むう」

――かしこきあたり、とか、そういうことか。

このとき成瀬はわずかずつだが、鴨頭道の話術に絡み取られつつあった。

頴道の目が、フッと細められた。口元を扇で隠しつつ、忍びやかな微笑を送ってくる。

「尾張中納言様が源氏の長者に補任されるのでおじゃれば、これは願ってもない慶事。都人にも頼もしく、また、心安く思うことにおじゃりましょう」

「左様か。……いや、さもあろう」

源氏の長者とは、すなわち、征夷大将軍のことである。

「勤皇のお志も篤い中納言様……。我ら、中納言様にご助力を捧げ奉ることにやぶさかではおじゃりませぬ」

「左様か。心強い話を聞かされた」

成瀬とて、根来忍者を統率している男だ。今の日本国でどのような暗闘が繰り広げられておるのか、ぐらいのことは知悉している。京の朝廷と江戸の将軍家とのあいだに政治対立が起こっていることも知っていた。

――朝廷は、秀忠一家を退《しりぞ》けて、義直様を武門の頭領となさりたいご所存か。

理解できることである。

——義直様の儒教かぶれと勤皇も、無駄ではなかった、ということだな。

成瀬はハタと膝を打って顔を上げた。

「鴨殿」

「はは」

鴨顕道は、目元に卑しげな笑みを滲ませつつ、低頭した。成瀬はつづけた。

「朝廷に御進物を献納いたしたい」

「これは……。朝廷におかれては諸色物《しょしき》要りの折、なによりの合力《ごうりき》」

「うむ。よしなに取り計らいを頼む」

「はは」

と頭を下げかけて、チラッと上目づかいに目を向けてきた。

「武家伝奏の三条西実条にはお気をつけを。あれは江戸と気脈を通じた者におじゃりまする」

「うむ。心得た」

武家伝奏は武家と朝廷を繋《つな》ぐ役職だが、尾張家が武家伝奏を通して朝廷工作などすれば、即座に江戸に察知される。

成瀬正成は鴨顕道を見下ろした。

身分卑しい陰陽師のほうが、まだしも安心して使える、というものだ。

顕道は『ホホホホ』と笑って、

「朝廷と尾張徳川家、今後とも手を携《たずさ》えてまいりましょうぞ」

と、白粉を塗りたくった顔を笑み崩れさせた。

六

深夜。

鴨顕道は、フワリフワリと漂うような足どりで、名古屋から本町《ほんまち》通りを南下し、七里の渡しへと向かっていた。

東海道を旅する者は宮宿から七里の渡しで舟に乗る。桑名宿まで船旅だ。木曽川と揖斐川に橋が架かっていなかったからである。

この頃は夜間の渡し船も運行されており、常夜灯が明々と燈されていた。

ちなみに。現在熱田に建っている常夜灯は、成瀬正成の子、正虎が建立した物を、昭和三十年に復元した物である。

江戸時代というと、なにやら文明が未発達の貧しい時代であったように思えるが、幕府開府から間もないこの時期でさえ、夜中に渡し船が必要とされるほどに多くの人々が街道を行き交っていたのであった。

顕道の周囲には青白い霧がまとわりついている。ほのかに燐光を発して、彼の足元を照らしているかのようだ。

と、顕道が足をとめた。

「どなたじゃな」

あくまでも都ぶりの、はんなりとした口調で、闇に向かって誰何《すいか》した。

闇の中で、何者かが殺気を放っている。やがて、黒々とした人影が、五つ、むっくりと起き上がってきた。

顕道は供も連れていない。一人、泰然と街道の真ん中に立っている。黒い影はザワザワと夏草をかき分けながら走り、顕道を取り囲んだ。

顕道は、切れ長の流し目に妖気を漂わせながら、一人一人の顔を順番に眺めていった。

「京よりついてまいった者どもでおじゃるな」

顕道をずっと尾行していたのであろう。そしてついに今夜、顕道の名古屋来訪の目的を知って、ないがしろにはできない、命を絶とう――と決断したようだ。

黒ずくめの男たちは、無言で刀を抜いた。

「ほう」

顕道が目を見開いた。額が引き攣れ、置眉がクッと上にあがった。

「そなたら、柳生の者どもでおじゃったか」

太刀の構えから一目で流派を見破った。

もっとも、柳生家は春日神社や興福寺に仕えた社家だ。春日神社は藤原氏の氏神、興福寺は藤原氏の氏寺だった。ゆえに京の者たちにとって柳生家は、よく見知った者でもあったのだ。

「かつては藤原の家々に侍《はべ》り仕えた青侍どもが、今では徳川の走狗でおじゃるか。嘆かわしい話でおじゃることよ」

呆れ果てた口調で嘆息しつつ、懐に手をやって、なにやらまさぐりだした。

顕道も腰には太刀を下げている。だが、それには手を伸ばさずに、別の何かを手の中に握った。

柳生の剣士がジリジリと間合いを詰めてくる。と見るや、

「いやああああっ！」

気合もろとも、大上段に斬りつけてきた。

「いよう！」

顕道は、鼓の合いの手を入れるような声を伸ばして身を翻した。直垂《ひたたれ》の長い袖が翻る。柳生の剣士の視界を塞ぎ、スルリと体《たい》をかわして逃れた。

「おのれ！」

別の剣士が踏み込んでくる。

またしても顕道は長袖を振り回して避けた。さながらひとさしの舞を見るかのごとき姿である。フワリと衣が翻ったと見るや、虚しく剣を空振りさせた柳生の剣士が、袖の下から猪のように飛び出してくる。蹈鞴《たたら》を踏んでつんのめっていた。

これは油断ならぬ――と見て取った剣士たちは、一斉に陣形を変えた。

五人で押し包み、五方向から同時に刺し貫く態勢だ。囲まれたが最後、どこにも逃《のが》れようのない必殺の陣形であった。

それでも顕道は悠揚迫らず、手の内に秘めた何かを振った。

チンッ――と、甲高い音が響いた。

拍子木の音にも似ているが、それよりもずっと甲高い。現代人なら木琴の音に聞こえただろう。

顕道は、その場でゆったりと回転し、おのれを取り囲んだ剣士たち、一人一人の目を覗き込みながら、チンッ――、チンッ――と、音を響かせた。

剣士たちは、異様な焦燥感に襲われはじめた。

武器も持たない直垂姿の、立烏帽子を被った白粉顔の優男《やさおとこ》に斬りつけることができない。五人のうちの組頭が合図すれば、一気に五方向から刺し貫くのだが、組頭は額に大量の汗を流し、目に入った汗に悩んで瞼を瞬かせるばかりで合図が送れない。

と、その刹那、ひときわ大きく、顕道が手を鳴らした。

チンッ――

何かが弾けた。

柳生の剣士たちの呪縛が解けた。即座に一斉に、柳生の剣士たちは突進した。剣を腰だめに構え、体当たりするように、切っ先を思い切り突き出した。

「ぐわっ！」

凄まじい絶叫が夜空に響いた。

鴨顕道は、口元に悠然と笑みをたたえつつ、その場を立ち去った。

草むらの中に五つの死体が立っている。互いの身体を互いの刀で刺し貫いたまま、奇妙に均衡のとれた一群の死体は倒れることもない。

真上から見れば、五本の剣が五芒星の形に交わりつつ、仲間の身体を串刺しにしている様子が見て取れたことであろう。

朝になり、旅人に発見されるまで、そのままの姿で夜風に吹かれていたのであった。

七

京都は死者に取り囲まれている。

鳥辺野《とりべの》——。夜。

杉木立が太い幹を連ねている。地面には死者を覆っていた経帷子《きようかたびら》であろうか、古びた布が散乱している。

その下には白骨。

焼香であろうか、それとも遺体を焼くのであろうか。白い煙が音もなく漂っている。

微かに呻き声が聞こえてくる。それも、一つや二つではなく、全山のいたるところから。

この国ではかつて、死者は『穢《けが》れ』であると考えられていた。たとえ、愛する妻や夫、子、父母であろうとも、死んだ瞬間に、それは『穢れ』となる。穢れは土地や家屋に染みつき、その場を汚染し、災いをもたらしつづける。で、あるから、家人は、老人や病人が死ぬ直前に、これから死体になるであろう者を家の外に出してしまう。

生きたまま墓地に連れてきて、置き去りにしてしまうのだ。

これは庶民だけの風習ではない。皇族も、貴族も、健康な頃は絹をまとって高縁に座した者たちまでもが無残に置き捨てられた。

かくして――、木の根元や岩陰には、いまだ死にきれぬ者たちが、広大な墓地のいたるところで呻いていたのだ。

ガサッと繁みが揺れた。そしてノッソリと、顔色の青黒い、皮膚のふやけた男が姿を現わした。

男は、白骨と病者には目もくれず、猿《ましら》のような足どりで岩場を駆け抜けると、墓地の端に建つあばら家に向かった。

朽ちかけた軒が傾いている。板葺きの屋根には夏草が伸びていた。

死者を弔う阿弥陀堂として建てられたらしい。だが、本尊はなくなっている。盗まれた、ということは、木ではなく銅で造られた仏像だったのであろうか。

ふやけた男は扉を開けた。中にはすでに、六人の忍びが集まっていた。

「おう」

ふやけた男は、青黒い顔をめぐらせて短く挨拶した。闇の中に集《つど》った者どもが一斉に目を向けてきた。

「吉城川《よしきがわ》の岩魚麿《いわなまろ》か。……これで御所忍び八部衆、すべて揃ったわけじゃの」

仙人を思わせる老人が白髯を撫でながら言った。

岩魚麿――と呼ばれた男は、あいている席に腰を下ろした。

「急な呼び出しゆえ急ぎまいったが、まさか八部衆の揃い踏みとは思わなんだぞ。いったいこれは、なんの騒ぎや」

「それはこれから、御蓋坊《みかさぼう》が教えてくださるわい」

と、言っているそばから、阿弥陀堂の向背が、壁の側から押し開けられて、一人の僧侶がヌウッと姿を現わした。

「これで揃うたな」

一同をじっくりと睥睨《へいげい》しながら言う。この集まりの首領格であるらしい。態度にも口ぶりにも重々しさが感じられた。

首領はドッカリと腰を落とした。これで八人。これが『御所忍び八部衆』と呼ばれる者たちすべてであるようだ。

「秀忠が京に来よるぞ」

首領が告げると、一同がザワッと揺れた。前のめりになって目を剝く者もいれば、隣の者同士で顔を見合わせる者もいた。

「御蓋坊殿、それはまことか」

「なんで嘘など申すものか。秀忠が来る。息子の家光を連れて、のこのこ京まで出向いてくるんや」

真っ黒な影たちが一斉に波打った。

「これは千載一遇の好機ぞ！」

「うむ！　秀忠、家光親子を討ち取る絶好の機会やで！」

「江戸城の中に引きこもられては、いかに我らでも手が出せぬ。が、街道は我ら、道々外生人《みちみちげしょうにん》の縄張りや！　秀忠の首ィ、もろうたようなもんやで！」

悦び騒ぐ者どもを尻目に、御蓋坊がサッと片手を上げた。一同は口をつぐんで静まり返った。

「そう喜んでばかりもおれぬぞ。たしかに、我らの力をもってすれば、秀忠、家光の父子を討つこともできよう。じゃが、その結果、帝に刃を向ける口実とされてはかなわん」

「何を言う、御蓋坊！」

ひときわ大きな身体の男が、肉の塊のような上半身を揺らして詰め寄ってきた。

「畏《おそ》れ多くも帝に先に刃を向けてまいったは、徳川のほうぞ！」

そうや、そうや、と同意の声があがる。

御蓋坊も両腕を伸ばし、「まあまあ」と宥《なだ》めにかかる。頭目とはいえ一喝して黙らせることができるような状況ではない。

「そのようなこと、そなたらに言われるまでもない。あの徳川の横車、秀忠の娘を入内させようという無理難題。これを防がんとする御所忍びは、徳川の忍びどもに討たれていった。そして、あの、女御《にょうご》様方の受けた仕打ち！」

「おう！　それよ！」

「まさに悪鬼のような東夷め！」

このあたりの事情は、少々の説明を要する。

秀忠の娘、和子の入内は家康の熱意によって推し進められたのであるが、この時代では当然のこと、後水尾帝には皇子女（側室）があった。四辻公遠《よつじきんとお》の娘、およつである。

元和四年、およつ御寮人は後水尾帝の子を産んだ。第一皇子賀茂宮《かものみや》である。

これには秀忠よりも、お江与が激怒した――と、公式記録にある。後水尾帝の不誠実が許せない、というのだ。

お江与は生涯、秀忠が側室を持つことを許さなかった女だ。秀忠が隠れて産ませた男子を暗殺した、とまで言われている。二度目に生まれた隠し子は、秀忠自ら信濃の大名、保科《ほしな》家に預け、お江与のもとから遠ざけた――という伝説が残っているほどだ。

この保科家に預けられた子が、のちに名臣・保科正之《まさゆき》となって兄、家光の治世を助けるのであるが、それはさておき。

このまま、後水尾帝の自由恋愛（？）を許しておくわけにはいかない。和子が入内しても、和子が産んだ皇子以外に皇位につかれてしまっては、徳川家が天皇家の外戚となる夢もついえる。

という次第で、京周辺に悪《あ》しき噂が流れはじめた。

曰《いわ》く、徳川家が放った刺客集団が、後水尾帝ご寵愛の女御を襲い、お腹の子を堕胎せしめている、というのである。

常識で考えて信じがたい話だ。

神聖不可侵であるべき帝に対して畏れ多いとか、あるいは人として許せないとか、道徳思想もさることながら、政治的観点からすると、徳川家は、天皇の権威を利用しようとしているのに、帝を激怒させるような悪行をなせば、天皇家の外戚として覇権を正当化する、という、政治目標が果たせなくなってしまうではないか。

しかし、この噂はそうとう広がったらしく、また、信憑性をもって語られたようで、細川三斎《ほそかわさんさい》（忠興《ただおき》）が息子の忠利《ただとし》と交わした書簡（細川文書）にも書き残されている。

事実、これほどの悪行はなさなかったにせよ、徳川の忍びたちと御所忍びとのあいだで虚々実々の駆け引きと、暗闘が繰り広げられたのは事実である。

また、和子入内に反対しつづけた四辻季継《すえつぐ》、高倉嗣良《たかくらつぐよし》ら、六人の公卿が配流や蟄居の処分を受けた。

四辻季継と高倉嗣良は、およつ御寮人の実兄である。おそらく、およつを後水尾帝に近づけて皇子を産ませ、徳川家の企図を挫《くじ》こうとしたのは、この二人であったのだろう。

しかし。徳川家の意志は堅固であった。御所忍びを掃討し、帝側近の公卿を追放し、後水尾帝を丸裸にしたうえで、和子を送りつけてきた。

　ここまでは徳川家の完勝である。そして此度《こたび》は大軍を擁して都に乗り込み、弱冠二十歳に満たない家光を将軍に据えようとしている。

　御所忍びの残党たちが激怒するのも無理はなく、それゆえ彼らは秀忠、家光を討ち取って、皇室の安寧を取り戻そうとしているのだ。


「じゃが」

　と御蓋坊は言う。

「我らが秀忠、家光を討てば、即座に我らの仕業と知れよう。……よいか、皆の者。我らが我らの一存でやったとしても、徳川はそうは思うまい。畏れ多くも帝のご命令によるものだ、と下衆《げす》の勘繰りをいたすに相違ないのじゃ」

「むう……」

　意気上がっていた御所忍びたちが、急に元気をなくした。

「……さすれば、どうなる」

「左様、三十余万の徳川勢が、御所に襲いかかれば、御所を護るは塀一枚じゃ。一息に攻め潰される。帝は生きてはおられまい」

「なんと！」

「まかり間違えば、皇室の滅亡もありえようぞ」

御所忍びたちは絶望の唸り声をあげて黙り込んだ。

「……我らの蜂起が仇となり、帝に害意が向けられたのではかなわぬ」

「左様。ここは忍の一字かのう」

悄然と肩を落とした忍びたちだが、突然、御蓋坊がカラカラと高笑いを始めた。

一同はギョッとして目を上げた。

「悔しさあまりに狂うたか、御蓋坊」

「なにも狂うてなどおらぬ。まぁ、人の話は最後まで聞け。たしかに我らが無策に動けば、かしこきあたりに迷惑を及ぼす。が、それはあくまで、我らが無策に動けば、という話じゃ」

「と、言うと」

「よいか、我らは秀忠家光を討つ。この罪を、どこか別のところになすりつけてしまえばよい。考えてもみよ。徳川に恨みを持つ者は多い。否、この世のすべてが徳川を怨嗟しておると申して過言であるまい。であるから、我らは、どこぞの何者かに雇われたふうを装って、秀忠家光を討てばよいのじゃ」

「なるほど！」

「さすがは御蓋坊。我らが首領様じゃ」

忍びたちは乱杙歯を剝いてせせら笑いながら、互いに満足げな視線を交わしあった。

「そうと決まれば急がねばならぬの。徳川を怨む他の誰かに、秀忠家光を先に討たれてはかなわんからの！」

一同がドッと笑い声をあげた。

「それでは、これより手筈を巡らせようぞ」

備えよく、東海道を記した地図が広げられた。車座の忍びたちの真ん中に置かれる。忍びたちは口々に思うところを述べあい、互いの策を批判しあって、素案を固めていった。

さすがに、御所忍びの生き残り、百戦錬磨の強者たちである。秀忠家光暗殺の密計は、迅速に形をなしていった。

岩魚麿は、密会のはけたあと、一人山塊を走破して、深い山中の樵《きこり》小屋に入った。

「親父殿、おるか」

間口の筵を捲って入る。土間に切られた囲炉裏の傍らに、老いた小柄な男がいた。

ギロリと片目を剝いて岩魚麿を見上げる。その瞳が白く濁っている。もう一方の目は、顔の半分ごと焼けただれて潰れていた。

それだけではない。片腕は肩の付け根からもがれ、残された腕にも指が三本しかない。見るも無残な姿だ。

が、戦国の世を生きた老忍だ。この歳まで生き延びただけでも奇跡的な、あるいは超人的なことなのである。忍びが生き延びた、ということはすなわち、勝利しつづけた、ということを意味している。

岩魚麿は囲炉裏端にどっかと腰を下ろした。老忍が粥を椀によそって突き出してきた。岩魚麿は受け取って食った。

岩魚麿は老忍を親父殿と呼んだが、血のつながりがあるわけではない。愛想であるが、愛想を真に受けるほど老忍は愚かではないだろう。

「つけられなんだろうな」

「まさか。途中で巨椋池《おぐらいけ》を泳ぎ渡ってまいったわい。この岩魚麿の泳ぎについてこれる者など、もはや御所忍びには一人もおらぬわ」

岩魚麿のふやけた皮膚は、水を吸ってさらにブヨブヨと弛んでいた。身動きするたびにジクジクと水がしみ出てくる。この異常体質のおかげで、水中での活動が可能であるらしい。

「親父殿、仕事じゃぞ」

「なんじゃ」

岩魚麿は椀と箸を床に置き、くちた腹をひと撫でしてから答えた。

「御所忍びどもが、秀忠と家光を討つ策を練っておる」

「ほう」

岩魚麿は自分が耳にしたことを、残らず語って聞かせた。老忍は黙然と聞いている。語り終えた岩魚麿は、唇を卑しく歪めさせ、薄笑いを浮かべて老忍の顔を覗き込んだ。

「誰に売る」

老忍は即座に答えた。

「柳生であろうな」

「そうこなくては」

岩魚麿は傍らの柴に手を伸ばし、細い枝を折り取ると、楊枝がわりに乱杙歯を梳きはじめた。

「御所忍びどもめ。時代の行く末が見えておらぬ。かつて帝《みかど》や朝廷に仕えた者たちも、残らず徳川に雇われたと申すにのう」

老忍はフラリと出ていった。小便でもしにいったかのような何気なさであったが、すぐに戸外の気配が消えた。

柳生の者に知らせに走ったのであろう。

岩魚麿は自分で粥をよそって、ふたたび黙々と食べはじめた。

老忍の食う分がなくなってしまうが、どうせ今日明日じゅうには帰ってこない。せっかくの粥を干からびさせるのは惜しかった。

第三章　家光が征《ゆ》く

一

元和九年五月十二日、秀忠は江戸を出立した。

将軍としての掉尾《とうび》を飾る大行事である。それに相応《ふさわ》しい行列で、各地の大名が扈従《こじゅう》、あるいは道々合流しながらの上洛行であった。

一方、次期将軍であり、今回の上洛の主役となるべき家光は、秀忠に遅れること十五日、つまり半月の間をおいて、江戸を発つことになっていた。

半月もの間をおいたのは、それだけ当時の街道、宿場の諸施設がお粗末だったからである。三十万余の武士たちをいちどきに宿泊させるだけの宿もなければ、給する食料もなかったのだ。

しかし。

それは考えようによってはおかしな話で、武士ならば野宿や自炊はお手のもの——のはずなのだ。関ヶ原の頃の徳川勢なら、兵糧は腰に結びつけて自ら運び、宿がなければ山野に伏して、京を目指したことだろう。

武士の頭領たる徳川家の旗本たちですらこのありさま。官僚化して軟弱化している。京の忍びたちが『寝首を掻くのはたやすい』と舐めてかかるのも無理はないと言えよう。

とにもかくにも秀忠は江戸を離れた。江戸城には家光だけが残された。

家光の上洛の用意も、着々と整えられている。秀忠の大行列が通過して、踏み荒らされた街道が直され、宿の畳も入れ代えられて、糧食が運び込まれる。

新たな時代の主人公を迎えるために、日本全国で大勢の者たちが奔走していた。

が——。

五月十八日。突如、家光が発病した。

激しい悪寒と身震いのあと、高熱を発して意識が朦朧《もうろう》となる。しばらくすると小康状態に戻るのだが、また、悪寒と身震い、高熱の状態へと戻ってしまう。

周期的に襲いかかる発熱に悩まされ、家光は、西ノ丸の居館に閉じこもってしまった。

　このときの病は公式には『瘧《おこり》』であったとされている。

「竹千代君！」

　斉藤福が裳裾《もすそ》を振り乱しながら、西ノ丸奥御殿に走ってきた。

　振り乱しているのは着衣だけではない。霜降りの垂らし髪も振り乱し、鬼婆のような浅ましい形相となっている。

　御錠口の渡り廊下を踏みならしながら突っ込んできて、「何事か」という顔つきで奥から出てきた稲葉正勝《いなばまさかつ》とぶつかりそうになり、抱きとめられた。

「竹千代君〜！」

　斉藤福は、稲葉正勝の腕の中でもがいた。老いさらばえた枯れ木のような腕を伸ばして叫びたてる。

「お気を確かにお持ちなされませ、母上！」

　稲葉正勝は斉藤福の長子である（当時は夫婦別姓なので母子で苗字が異なる）。家光の乳母となった母の縁故で、家光の奥小姓に取り立てられていた。

「なにがお気を確かに、じゃ！　放しやれ！　――竹千代君～！」

「大納言様はただいまご就寝中にございまする。大事はございませぬゆえ、母上はどうぞ、お引き取りくださいませ」

「大事ないかどうかどうしてわかる！　それになんじゃ、母上とは!?　妾《わらわ》は若君様の乳母！　そのほうは小姓であろう！　公私の区別をつけるようにと、幼き頃より申し聞かせてあったであろうに！」

「で、ありますからお福殿、もはや竹千代様なる若君様はおわしませぬ。大納言様はご立派にご元服なさり、近臣たちが侍っておりますれば、乳母殿のお役目は終わりにござりまする。とく、御裏方にお戻りくださいますよう」

「たわけ！　この妾以上に若君様のお身体を知り尽くした者などおらぬわ！　御殿医などあてになるものか！　ええい、そこを退きやれ！」

　母と息子、あるいは乳母と小姓が揉み合う様を、西ノ丸詰めの番衆たちが呆れ顔で見守っている。浅ましい痴話喧嘩にしか見えないが、二人とも次期将軍の信頼も厚い者たちだ。うっかり関わって逆恨みなどされてはたまらない。

　家光附年寄の青山忠俊《あおやまただとし》や、側近の松平信綱らが駆けつけてきてお福を引きはがすまで、見苦しい取っ組み合いがつづいたのであった。

二

東海道、小田原宿。

明るい海が広がっている。

砂浜には粗末な小屋がいくつも並んでいる。漁師たちが網を干したり、ほつれた網を繕《つくろ》ったりしていた。

岬の赤松に囲まれて、網元の屋敷が建っていた。箱根の坂道を下りてきた旅人が何を思ったのか、街道を外れて網元の屋敷に足を向けた。

台所では漁師の女房衆たちが、海草を茹でたり、魚の腹を開いたりしている。

旅人はスルッと台所に踏み込んだ。が、不思議なことに、それに気づいた女たちは一人もいなかった。

旅人は女たちの視界を縫うようにして歩み、屋敷の奥に上がり込んだ。

奥座敷では一人の男が悠然と煙草をふかしていた。

「ご苦労さん」

下座に平伏した旅人をチラリと見やって頷いた。貫禄たっぷりの姿である。

が、この男は屋敷の主――網元本人ではない。

傍らに短めの直刀を置いている。着けているのは柿色の忍び装束だ。

山岡新太郎景本《やまおかしんたろうかげもと》である。稟米《りんまい》（知行ではなく、米の現物支給で扶持を貰うこと）五百俵の御小姓組番士だ。将軍直属のお馬廻り、といったところか。

だが、この男、その実態は、徳川が誇るもう一つの忍者軍団、甲賀組の頭領なのであった。


山岡家は忍家の通例で、氏素性の知れぬ家である。いずれの頃よりか近江国（滋賀県）に興《おこ》り、近江半国守護の大名、六角家に仕えた。

六角家が信長に攻められると、時流をよく読んで織田家に鞍替えした。

その後、功績が多々あり瀬田城主に取り立てられた。

信長が本能寺に倒れると、山岡一族は瀬田ノ唐橋を焼き払い、琵琶湖畔の舟を残らず沈めて東へ走った。

明智光秀の進軍は停滞し、貴重な時間を失うこととなるが、それはすべて山岡一族のせいである。

唐橋と舟を破壊した山岡一族は、旧知の甲賀忍び衆を率いると、伊賀越で難儀する家康を助けた。そして今度は家康に鞍替えした。

その後の歴史を知っている者からすれば、当たり前に見える行動だが、よく考えると不気味ですらある。行動の選択がいちいち的確にすぎるのだ。未来に何が起こるのかをタイムマシンで見てきた者のようではないか。

この当時は新聞もテレビも電話もない。堺に取り残されていた家康が、苦労しながら三河の領国をめざしていることなど、瀬田で明智軍と対峙している山岡一族が知るはずもない情報だ。また、普通なら興味も持たないであろう。

しかし山岡一族はどうやってか家康の苦難を知り、家康が今、道中のどこを、どのくらいの速度で進んでいるのかを知り、家康が通るであろう時刻に、通るであろう場所で待ち受け、家康一行と合流し、三河へ送り届けた。

それがどれほど困難なことかは、携帯電話のなかった時代を知る人ならば、すぐに理解できるはずだ。

自分の城である瀬田城を捨ててまで、こんなことをしていたのだ。

いったい、徳川家康とは、甲賀忍者にとっていかなる存在だったのか。

甲賀組頭領、山岡新太郎景本が、他人の座敷に堂々と腰を下ろして煙管を燻《くゆ》らせている。

慶長元年（一五九六）生まれの二十七歳。細面で色白、目の下の隈《くま》が目立つ以外は、そこそこの美男子といえるであろう。

「大納言様ご発病の噂は、どうや」

顔つき同様にのっぺりとした口調で訊ねると、旅人——配下の甲賀忍者は、片膝の前に拳をついて一礼し、答えた。

「はっ。ご発病の噂は道中奉行様から宿場役人に伝わり、それからあとは、野火のごとくに広がっており申す。五月二十七日のご出立は無理。そのむね宿場はもちろん、近隣の農村、漁村にも伝えられておりまする」

将軍家の大行列には、近隣の町人、農民、漁労民も駆り出されて手伝いの夫役を課せられる。助郷《すけごう》という。手伝った労役の重さに準じて年貢が軽減されたりするのであるが、とにもかくにも、家光の発病は街道沿いのすべての階層の人々を混乱させていたのであった。

「さよか。で、曲者どもの動きは？」

甲賀忍びはニヤリと片頬を笑ませた。

「目論見どおりに、炙り出されてございまする」

「慌てふためいておるやろな。気の毒なことだ」

「いかがいたしましょう」

新太郎景本は、煙管をカンッと、灰吹に打ちつけた。

「狩り出して討ち取るのみや」

煙管は煙草盆に戻し、煙草盆ごと脇に寄せる。煙管も網元の持ち物であったようだ。スラリと立ち上がると窓から外へ、音もなく這い出た。まさに煙のような身のこなしであった。

配下の甲賀忍びの姿も消える。と、ほとんど同時に、この家の女中頭らしき中年女が座敷に入ってきた。

「旦那さん？　おや、誰もいねぇ。旦那さん方の声がしたような気がしたけんど、空耳かねぇ？」

その頃すでに、景本たちは箱根の坂を駆け上っている。

「なにぃ？　家光が来ぬ、だと⁉」

御所忍び八部衆の一人、千延坊巌春《せんえんぼうがんしゅん》が、大きな目を見開いて絶叫した。

巌春は家光暗殺の第一陣として放たれた忍びであった。表向きの立場は、南都興福寺の塔頭《たっちゅう》、千延院に仕える僧兵である。御所忍びとしては珍しく、数十名の配下を抱えている。

巌春の作戦は、まず秀忠を無事に通過させ、油断させたところで家光を討つ——というものだった。

秀忠を先に討ち取ってしまうと家光を討つのが難しくなる。警戒した家光は江戸城に籠もり、江戸城で将軍宣下を受けるかもしれない。

秀忠・家光親子ともどもに暗殺しなければ御所忍びの恨みは晴らせない。皇室の安寧も図れない（と御所忍びたちは思い込んでいる）のだ。

ゆえに秀忠は故意に見逃して京都方面に進ませる。そのうえで、父につづいて江戸城を出てきた家光を討ち取り、ほとんど同時に、別の御所忍びが秀忠を暗殺する。

と、こういう目算を立てていた。

家光を討つだけならば、手下の僧兵集団だけで十分であると豪語して、箱根の山中に闇の陣を布いて待ち構えていた。

配下の者どもは皆、箱根の杣集落に住み着いていた。なんと、集落の老若男女、すべてを殺して、そっくり入れ替わっていたのだ。

なんのためにそのような無体をなしたのかといえば、助郷の人足として箱根の宿場に潜入するためである。

東海道は人馬でごった返している。平時であれば、杣集落の住人を騙っても、顔や名前で即座に見破られたであろうが、このときばかりは別である。農村、漁村、山村から集められた男たち、見知らぬ者同士で組を作らされ、真っ黒な顔で肉体労働をさせられている。

「助郷でござい」と言えば、即座に「あれをやれ、これをやれ」と命令される。人足たちに混じって働いていれば、いつしか顔も覚えられ、やがては信用までできてくる。宿場役人からも信頼を得て、今では顔を出しただけで、関所を通過できるようになっていた。

「この分なら、家光の馬子にかて化けられようぞ」

巌春の配下たちは、徳川家の間抜けぶりを嘲笑《あざわら》いながら、家光一行が来るのを待ち構えていた。

のであるが――。

突然の発病と出立の延期が布告された。病はそうとう重いらしく、いつ江戸を発てるのか見当もつかない。

さらに。巌春の配下が聞き捨てならない情報を摑んで戻ってきた。宿場役人たちが鳩首して言うには、『助郷はいったん、それぞれの集落に戻したほうがよさそうだ』ということであるらしい。

助郷の民草たちにも、日常の生活がある。農作業をしたり、食い扶持を稼いだりしないといけない。また、彼らに米や作物を作ってもらい、年貢を納めてもらわねば、箱根、小田原の経済が崩壊する。宿場役人や代官たちからすれば、助郷の解散は当然の判断であった。

焦ったのは巌春たちである。

杣集落に帰されれば、当然、近隣の集落との交流が始まる。元の住人に入れ替わったことなど、即座に見破られてしまうだろう。

巌春の判断は早かった。こうなれば撤退の二文字だ。露顕する前にすべてを投げ捨てて逃げる。忍家らしい割り切りぶりであった。

だが。その判断は、あまりに拙速だった。山岡景本の命を受け、道中を監視していた甲賀組は、助郷の一部に慌ただしい気配が走るのを見逃さなかった。

夜――。巌春とその配下は杣集落を離れた。家光を襲撃する際に使用するはずだった武具はすべて埋め、身軽になって西方への脱出を図った。

集落は猪や鹿などを防ぐための木柵で囲われている。門扉を押して外に出ようとしたとき、

「ぐわっ！」

先頭に立っていた忍びの胸に、音もなく矢が突き刺さったのだ。

忍びはドサリと倒れた。手足をピクピクと痙攣させていたが、すぐに絶命した。

矢は、矢柄も矢羽根も黒く塗られており、さらには風切り音を消す工夫まで施してあった。どの方向から放たれてきた矢であるのか、さすがの御所忍びたちをもってしても見当がつかない。

「シュッ！」

巌春は呼吸音と指使いで命令を下した。配下の御所忍びたちが闇に散る。気息を絶って草木に紛れた。

箱根山中の深山幽谷。杉の巨木が林立している。さらには深夜。あたりは風もなく静まり返っている。

月光が降り注いでくる。その瞬間、何かの気配が走り、つづいてドサッと、人体が地面に転がる音がした。

気配はそれきりである。一瞬にして命を絶たれたようだ。討たれたのが敵なのか味

方なのかすらわからない。血の臭いだけが漂ってきた。

巌春は繁みの中で気息を絶ちつつ、聴覚に全神経を集中させた。

山の斜面を下のほうから、何かが、ザワザワと昇ってくる。大勢の軍兵が攻め寄せてくる音のように聞こえた。

だがこれは擬態であろう。と巌春は思った。

谷の下から来る者は、実は、それほどの数ではない。むしろ、尾根筋から攻め下りてくるのが本隊のようだ。

気配とも言えぬ気配が、杣集落を取り囲んでいく。

——手練《てだれ》だ……。

巌春は臍を嚙んだ。

徳川にこれほどの忍び集団が、いまだに残っていようとは。

否、それは予想されていたはずである。伊賀、甲賀、根来の忍びの根幹は、徳川家康にひっこ抜かれた。それらの末裔が将軍家を護っているはずなのだ。

ここ数日、腑抜けの旗本どもばかり目にしていたので、判断力が曇っていた。油断したうえに、敵を舐めきっていたのである。

包囲網がジワジワと狭まってきた。巌春は近くに潜んだ配下に合図を送った。配下の者は、さらに隣の忍びに合図する。かくして合図が伝達されて、一組が巌春の指揮のもと、静かに移動を開始した。

湿った地面の上を腹這いになりつつ、忍びたちが進む。やがて、先頭を行く御所忍びが包囲陣の甲賀組と接触した。

短い金属音が鳴り響いた。

投擲《とうてき》した手裏剣同士が空中でぶつかる音である。つづいて木の幹に手裏剣が突き刺さる気配がした。

巌春はかまわず、ゆるゆると蛇のように進む。

草をかき分け腕を伸ばすと、何か、グニュッと柔らかいものに触れた。見れば、仲間の死体である。窪地を縫ってさらに進むと、頭上に異様な気配を感じた。顔を上げると、古木の幹に配下の者が磔《はりつけ》になっていた。胸に直刀が二本刺さっている。肉体を貫通して串刺しにされ、木の幹に縫いつけられていたのであった。

杣集落に死臭が充満した。息絶えているのは御所忍びばかりだ。

それでも巌春は、包囲網にいくつかの穴が開けられたことに気づいた。徳川忍軍も少なからぬ死傷者を出している。死体がないのは、仲間が回収したからであろう。

巌春は突如、立ち上がり、立木の陰に、足音もなく、小走りに詰め寄った。

樹皮と一体化して、甲賀忍びが息をひそめている。巌春は完全に気息を絶っていて、甲賀忍びは背後まで迫られたことに気づかなかった。

——未熟者めが。

巌春は短刀を引き抜くと、無造作に甲賀忍びの咽首を掻き切った。甲賀忍びの喉から、肺の空気が噴き出した。その音に反応し、近くの忍びがザワッと殺気を漲《みなぎ》らせた。

巌春は、気配に向けて手裏剣を投げた。

音もせず、悲鳴も聞こえぬが、手裏剣の刺さる手応えを感じた。しばらくの無音のあと、甲賀忍びの身体がドサッと落ちた。

仲間が倒されたことに気づき、甲賀忍びの陣形が波打つ。目には見えぬが、巌春は、脳内ではっきりと、その様子を想念することができた。

さらに言えば、甲賀忍びが倒れて音を出したときにはもう、巌春は甲賀の陣の外へと抜け出していたのである。

這いつくばったままトカゲのように走りつづける。

やがて、背面倒立の体勢で身を起こし、トンボを切って立ち上がると、木々の枝を伝って駆けだした。もはや虎口は脱した。あとは遁走するばかりだ。

指笛を吹いて合図を送る。自分が包囲網を脱したことを告げ、生き残った配下にも逃走するように命じた。配下の御所忍びたちは、巌春を逃すために自らを犠牲にしていたのである。

巌春は谷を駆け下りた。逃走路は入念に下調べしてある。

だが。

巌春は、執拗に追いすがる者の気配を感じていた。鉄菱を背後に撒いたが効果がない。

――逃げきれぬかな。

巌春は谷を下り、渓流に出た。逃がれられぬのであれば正面きって戦うしかない。巌春は御所忍び八部衆の一人。甲賀者など恐れはしない。むしろ口元に薄笑いさえ浮かべて待ち構えた。

月が渓流を照らしている。濡れた岩が青白く月光を照り返していた。

「むんっ！」

巌春は十字手裏剣を二本、つづけざまに投擲した。沢に張り出した深い樹木に吸い込まれていく。

――む……？

巌春は眉をひそめた。なんの手応えも帰ってこない。文字どおり、樹木に吸い込まれたまま、手裏剣の音が消えてしまった。

外れたのであれば、木の幹や地面に刺さった音がするはずだ。

敵に当たったのなら、敵の気息が乱れるはずだ。

——まさか、摑み取ったのか……。

投げつけた手裏剣を空中で、素手で、摑みとめられてしまった。この無音は、そうとでも考えねば説明がつかない。

巌春は首を振った。そんなことができるはずがない。回転しながら飛ぶ十字手裏剣を摑み取れば、掌は切り裂かれ、指は切り落とされる。これが常識だ。

そのとき、木の枝が揺れた。黒装束が飛び出してきて大岩の上に飛び下りた。

黒装束は、手にしていた手裏剣をカラリと投げ捨てた。それは、巌春が投げつけたものだった。勝ち誇った気配が伝わってくる。気障りで厭味ったらしい姿であった。

——おのれ。

巌春の中で闘志が膨れ上がった。

——徳川に魂を売った甲賀者めが。

忍び同士の戦いである。名乗りなどあげない。巌春はいきなり突進し、背中の刀を抜きつけた。

大岩の上の忍びが背後にのけ反る。ふわりと背後に転がって抜き打ちを避けた。巌春の太刀は岩肌をガチンと叩いた。

巌春は、巨体に似合わぬ身軽さで岩を乗り越え、二の太刀を放った。甲賀忍びは左腕を突き出して身を庇った。

巌春は、相手の腕をしたたかに斬った。ザックリと断ち割って、腕を斬り落としたのを確信した。

が、鈍い音をたてて跳ね返されたのは、巌春の刀のほうであった。

甲賀忍びが身を屈めながら右腕の拳を突き出してくる。明国の功夫《カンフー》か、あるいは南蛮の拳闘《ボクシング》のような一撃だった。

拳が巌春の顎を捉えた。凄まじい音をたてて顎の骨が砕かれた。拳闘で言うカウンターパンチである。体重を乗せて斬りつけた巌春自身の勢いと相まって、拳の打撃力が倍増する。

「グフッ……！」

巌春の口から折れた歯が飛び散った。歯茎が破裂して顎の骨まで飛び出す。巌春は口から血を噴きながらのけ反り倒れた。

倒れ込みながらも、至近距離から手裏剣を投げた。

だが、その手裏剣は、またも空中で、甲賀忍びに摑み取られた。

さらに手裏剣を受け止めたのとは別の腕が伸びてきて、倒れ込む巌春の顎を捉えた。ギュッときつく握りしめ、巌春の後頭部を河原の大岩に叩きつけた。さらに捩じって頸骨をへし折る。ゴキンとおぞましい音が響いた。


甲賀忍びはスラリと立ち上がり、背後に一回転して岩の上に飛び移った。

腕に巻いていた革の手袋を外す。指から手の甲、手首、腕の肘まで、細い鉄の板で覆い、その上から革と膠で塗り固めた籠手《グローブ》である。

巌春の手裏剣を摑み取ることができたのも、太刀を受けることができたのも、この鉄籠手のおかげであった。

握り拳に仕込んだ鉄拳（メリケンサックのようなもの）は、一撃で相手の顎や頭蓋骨を粉砕するだけの破壊力を備えている。

甲賀忍びが覆面を外す。のっぺりとした細面が現われた。山岡新太郎景本であった。

「若頭領」

小田原の網元屋敷に現われた例の忍者が、ようやく追いついてきて河原に立った。

「御所忍びの組頭めは、いかが相成りましたか？」

「ほれ。そこや」

山岡景本は視線で足元の岩陰を示した。

巌春は白目を剝き、口から舌を長く伸ばして絶命していた。冷たく澄んだ川の流れに半身を浸けて沈んでいた。

「それで。御所忍びの下忍どもは？」

景本が訊ね返すと、甲賀忍びは覆面越しに微笑した。

「あらかた討ち取ってござる。手傷を負いつつも逃れ出た者が数名。これも追わせております る」

怪我をした身体で甲賀忍びの追跡を振り切るのは容易ではない。いずれ追い詰められて自害するか、自殺的な反撃を試みるか、どちらにしても、生きて京に戻るのは不可能だろう。

「うむ」

景本は一つ頷いて、配下に命じた。

「ことの次第を柳生但馬守殿にお伝えするのや」

「はっ」

と答えた配下の忍びは、岩を伝って飛び跳ねて、山の中に消えていった。

山岡新太郎景本から放たれた密使は、東海道を駆け抜け、三島の宿に滞在中の柳生宗矩の宿所に駆け込んだ。

深夜ではあるが、篝火が煌々と焚かれている。柳生道場の高弟たちが殺気を漲らせながら徘徊していた。

柳生家には、この上洛の道中警備が任されていた。大役である。のちに宗矩は道中奉行と惣目付に任ぜられるが、この頃からすでに、陰で似たような働きをしていた。柳生家は旗本としては新参である。本来ならこのような大役を任される家柄ではない。

秀忠は柳生家の出自を知ったうえで、畿内の勢力に詳しいという、特殊な家柄を買ったのであろう。

宗矩は目を瞑って座敷に座り、甲賀者の報告を聞いた。一つ、大きく頷いて、カッと両目を見開き、甲賀者を見据えた。

宗矩の瞳の光彩は特徴的な鳶色をしている。この目で見据えられた者は、鷹か何か、人情の通じぬ野生動物に睨まれたように感じる。

　宗矩はふたたび目を細めた。

「山岡殿には、お役目大儀でござった——と、伝えるがよい」

「ハハッ」

「この件、上様のお耳に入れておく。山岡殿と甲賀組には、のちほどお褒めの言葉があろう」

「ありがたき幸せ」

　甲賀者は一礼し、真後ろにススッと退いて、闇の中に消えた。

　代わりに別の人影が現われた。顔の半分に火傷を負った老忍が、篝火の下に座っていた。

「聞いたか」

　宗矩が訊ねると、老忍は無言で頷いた。

「そのほうの申したとおりであったの」

　あと七名。

　上様と大納言様が入京するまでに、御所忍び八部衆のすべてを殺し尽くさねばならない。

「御所忍びの組頭衆が壊滅すれば、主上（後水尾帝）とて心の張りを失い、我が侭も口に出せぬようになるであろう」

考えようによっては、御所忍びを壊滅させる好機だ。

御所忍びは古都千年の闇の奥深くに隠れ棲み、容易には姿を現わさない。柳生家や伊賀甲賀の忍びならまだしも、徳川旗本たちの手に合う相手ではなかった。

将軍親子を暗殺するため、のこのこ出てきてくれるのであれば、これはかえって好都合と言うべきものであった。

――だが……。

彼らを釣り出すための餌は、こともあろうに現将軍と次期将軍の命なのだ。御所忍びは容易ならぬ強敵である。あっけなく将軍親子二人の首を取られることも考えられた。

「ふん」

宗矩は、一瞬我が胸に兆した弱気を笑い飛ばした。

御所忍びが恐ろしいからといって、いまさら上洛を取りやめにすることなど、できぬ相談である。秀忠、家光の武運を信じ、このまま突き進んで反撃し、敵対する者は一挙に攻め潰してしまうよりほかにない。

宗矩はチラリと視線を走らせて、庭に拝跪した老忍を見た。

――徳川家には武運がある。

この男が駆け込んできてくれたおかげで、暗殺を未然に防ぐことができた。また、敵の内情もほぼ、筒抜けである。

宗矩は書院棚から砂金の包みを一つ摑んで、老忍の膝元に投げてやった。

「御所忍びどもの内情を、逐一報告いたすのじゃ。報奨はそのほうの望むがままぞ。励むがよい」

老忍は恭《うやうや》しく平伏し、砂金の包みを懐に入れた。

三

江戸。上野。造営中の大寺院（のちに寛永寺となる寺）。

この頃、江戸では、城を挟んで二つの大寺院が建立されようとしていた。一つは上野の寛永寺で、これは江戸の東北、鬼門の方角を守護する。

もう一つは芝の増上寺。こちらは裏鬼門を守護していた。

これらの寺院を配置し、江戸の町全体を曼陀羅に見立て、霊的鎮護の聖地となそうと図っているのが、南光坊天海《なんこうぼうてんかい》である。

関ヶ原の直前、家康と初対面するや、その心を捉えた怪僧。山王一実神道を説いて、家康の死後を設計してみせた。

家康の魂を神格化し、その霊力で江戸と将軍家を守護する。日光に祀られた東照大権現がそれであった。


寛永寺の仮中堂で読経する天海のもとに、斉藤福が血相を変えて乗り込んできた。

――相も変わらず間が悪い。

侍僧からの知らせを受けた天海は、辟易としながらも里坊（僧侶の住居）に向かった。

待たせておいてもいいのだが、それだとあとが怖い。

天海は、家康、秀忠、家光の帰依《きえ》も厚い高僧で、将軍家の宗教顧問だ。政治権力は絶大である。斉藤福がいかにむかっ腹を立てたところで、どうこうできる相手ではないのだが、天海が恐れているのは、福との政治対立などではない。

天海自身も説明しがたい感情なのだが、父親が娘に嫌われるのを恐れる気持ち、が、それに近い。

天海はこの年八十八歳。病気知らずの健康体だが、足腰もだいぶ衰えている。そんな老僧が精一杯に足を運んで福のもとに向かうのであるから、傍目にはちょっと異様な光景だ。

天海が里坊に踏み込むや否や、腰を下ろすのも待たず、挨拶もなく、斉藤福が引きつった表情ですり寄ってきた。

「上人様！」

目尻に涙まで浮かべて天海の足元に縋《すが》りつき、金糸銀糸を散らした法衣にしがみついてきた。天海にすがるしかない、と言わんばかりの顔つきで見上げてくる。

これが美女でもあれば、男心を虜《とりこ》にする姿なのであろうが、福は父親似のいかつい顔立ちで頬骨や顎が張っている。天然痘の瘢痕がさらに醜さを強調させてもいる。

そんな醜女でも、天海にとっては、我が娘同然に可愛がってきた女なのである。頼られれば悪い気はしない。頼られなくなってしまったら、逆に悲しい。

「何事かの。それほどまでに取り乱して。む……、そのような泣き顔、余の者に見られはせなんだろうな。そなたは仮にも大納言様の乳母。そなたが泣き顔を晒したりしたら、下々の者が不安にかられ――」

「そのことにございますする！」

「いかがした」

「その大納言様がご病気にて、この福にすら、お姿を見せてくださいませぬ！」

「ふむ……。その話は、拙僧の耳にも伝わっておるが……」

「こうしているあいだにも、ご病状が進み、やがては——などと考えると、気が気ではないのでございまする！」

「いや、それは……？　大事あるまいと思うがのう……」

命に関わるほどの重病であれば、上洛途上の秀忠が帰ってくるはずだ。この上洛は家光の将軍宣下のためのものだからである。

「この福は、安心できませぬ！」

言い聞かせても、福は納得しなかった。

「我が息子、正勝の様子も、奥小姓衆の顔つきもおかしゅうございます！　なにやら妙によそよそしく、腹中に一物を抱えておるような……。も、もしやしたら、すでに御薨去《こうきょ》あそばされたのでは……！」

「まさか、滅多なことを申すでない」

「上人様！」

福がズルズルと迫ってきた。

「どうか、上人様のお力を、この福にお貸しくださいませ！」

――またか⁉

内心暗澹としつつも、無下《むげ》に断ることもできず、おそるおそる、問い返した。

「わしに何をせよというのじゃ」

「上人様の御配下を、福にお貸しくださいませ！」

やはりこれか。と、天海は顔には出さぬがうんざりとした。

天海は天台宗の高僧であり、比叡山に古来より仕えた山ノ民たちがつき従っていた。また、日光に東照宮を建てるため、日光山の僧坊衆とも通じている。山ノ民も山伏も、忍者に密接した者たちで、忍び同然の荒事をこなせる人材も揃っていたのだ。

かつて天海は、福に特に懇願されて、それら山法師を貸し与えたことがあった。福はそれらの者どもを使って、家光の弟、忠長の評判を貶《おとし》めようと画策した。

その陰謀が複雑にこじれて、肝心の家光まで暗殺されかかったという、そんな事件まで引き起こしたのだ。

「わしの配下を、何に使うつもりなのじゃ」

どうせろくでもないことを考えておるのだろう、と思いつつも、一応訊ねてみた。

すると福は、意外にも、穏当なことを口にした。

「ご病気平癒の御祈禱僧を、西ノ丸に送るのでございまする」

「ふむ……」

あまりにも穏当すぎて、天海は、かえって異様な胸騒ぎを覚えた。

福はつづける。

「上人様からの祈禱僧ならば、西ノ丸の小姓どもも追い返しはいたしますまい。祈禱僧の目で、若君様のご病状を確かめさせたいのでございまする」

「なるほどの」

祈禱僧を送るのは悪くない。それに、福の勘繰りすぎだとは思うが、家光の病状が気にかかるのも事実だ。

また、この福に、いつまでも大騒ぎされていてはたまらない。家光の無事を確かめて納得すれば、おとなしく江戸城の奥に帰るであろう。

「あいわかった。そのようにとり計ろうぞ」

天海は請け合って、頭の中で、人選に取りかかった。

だが、この福のお節介のせいで、家光は、さんざんな命の危機に晒されてしまうことになる。

天海が一瞬感じた胸騒ぎは正鵠《せいこく》を射ていたのだ。だが天海は、自分が感じた不安の源がなんなのか、深く考えようとはしなかった。

あまりにも理知的で知能の高い人間は、直感などといういかがわしいものには、たとえ自分の直感であれ、かかずらわない。

天海は僧侶であるが、僧侶であるからこそ、超自然は信じない。僧侶一人一人が自分の霊感などを信じていたら、教義も宗派も即座に分解してしまうだろう。


その家光である。

なんとこのとき家光は、中山道《なかせんどう》を西に下って、上尾《あげお》宿に達しようとしていた。

家光は駕籠に揺られて街道を行く。庶民が使う粗末な駕籠だ。竹を渡した下に竹籠をぶら下げただけの造りである。乗物と違って引き戸がないが、そのぶん見晴らしがいい。初夏の陽気で心地よい風も吹きつけてくる。

気難しいわりに呑気な性格の大納言様は、満足そうな笑みを浮かべて駕籠に揺られつづけていた。

家光が密かに城を抜け出したのには、当然ながら理由がある。言うまでもなく、御所忍び八部衆の暗殺を避けるためであった。

病気を理由に出立を先延ばしにして御所忍びたちの焦りを誘い、不用意に動いたところを炙り出して始末する。

その一方で家光本人は、軽輩の武士に身をやつして入京する。御所忍びたちの迎撃策を逆手にとった奇手であった。

このように大胆な策を考えついて実行に移したのは柳生宗矩である。斉藤福でさえ知らぬ、極秘事項であった。

家光の駕籠の脇を、白髪頭の老人が徒歩《かちある》きで供奉《ぐぶ》している。酒井備後守忠利《さかいびんごのかみただとし》。家光の傅役《もりやく》であり、年寄であり、自身は川越三万七千石の譜代大名であった。

家光同様、にこやかに旅をつづけている。本来なら、自身も乗物で、あるいは騎乗で旅する身分であるが、家光自身が下級旗本に扮しているのに、お供が馬に乗るわけにはいかない。

老人ながら、足腰は実に達者だ。

この頃の大名は、のちの世のごとき温室育ちではない。

永禄二年（一五五九）生まれの六十四歳。小牧長久手では家康とともに戦場を駆けて大功を立てた。戦場では重さ三十キロの鎧兜を着け、数キロの武器を振り回して戦ったのだ。鍛え上げた足腰は容易なことでは衰えず、徒歩きをも苦にせず泰然と歩を進ませていた。

日は中天に差しかかる。供の者はごくわずかだ。駕籠の先をブラブラと歩くのは柳生十兵衛。家光の小姓にして隻眼の天才剣士である。

駕籠の後ろにも、ただならぬ物腰の武士たちが従っていた。皆々柳生道場の高弟たちで、一騎当千の強者が揃えられていた。

それだけではない。街道を行く旅人の目には見えないが、家光の駕籠を中心にして半里（約二キロメートル）四方に忍びたちが貼りついている。家光の長閑《のどか》な駕籠の速度に合わせて、余人には見えない陣形が移動していたのだ。

また、駕籠を担ぐ男たちも雲助ではなく、駕籠之者と呼ばれる御家人である。

そんな駕籠の行列を見下ろして、小高い岡が街道の脇に盛り上がっていた。

岡に生えた赤松の根元に、信十郎たちが立っていた。

片膝をついた鬼蜘蛛が、南蛮人から買ったと自慢の遠眼鏡を覗き込んでいる。

「若君様め、まったく、お気楽な顔をしておるわなぁ。なんや、腹が立ってきたわ」

相も変わらず、いちいち文句を言わずにはいられぬ性格である。

キリと鳶澤甚内《とびさわじんない》も控えている。四人で家光の駕籠を見守っていた。

鳶澤甚内は江戸の古着商の元締だが、その実態は関東の乱破《らっぱ》（忍び）、風魔衆の頭目であった。

風魔衆は、戦国時代に小田原北条家に仕えた忍軍である。

北条家が豊臣秀吉に攻め潰されて祿を失ってのちは、日々を生きるため、盗賊に身を落とした。

家康が江戸に入ったとき、関東一円に風魔残党の盗賊が跳梁跋扈《ちょうりょうばっこ》していた。家康は討伐を決意し、伊賀や甲賀の忍軍を放った。

風魔一族は激闘を繰り広げたのちに降伏した。

その後は関東郡代（徳川直轄領を支配する惣代官で、のちの勘定奉行に相当する）伊奈忠次《いなただつぐ》に付けられて、今度は一転、闇の治安維持組織として、家康の領国支配に協力した。

そんな理由で中山道を下る家光の警護にも、関東乱破が多数、駆り出されていたのであった。

と、十兵衛が街道を外れ、畦道を走ってやってきた。「おーい」とこれまた呑気な声を張り上げて手を振っている。

深編笠をかぶっている。上下はいつもの漆黒の出で立ちだが、着物は新しくなっていた。羊羹色に煤け、裾のすり切れたよれよれの袴ではない。

後世に名を轟かせる剣豪だが、この頃はまだ十代後半の若者である。密命を帯びての忍び旅だが、旅は旅。浮き立つ心を抑えきれない様子で白い歯を見せている。

信十郎もキリも鬼蜘蛛も、突っ立ったまま迎えたが、鳶澤甚内だけが恭しく蹲踞した。十兵衛は家光の小姓である。家光が将軍になった暁には、どこまで出世していくかわからない男だ。ボケッと突っ立ったままの三人組のほうが異常なのであった。

「ご道中、怪しき者の姿は見当たりませぬ」

甚内が畏まって報告した。十兵衛は、

「さよか」

と、そんなことはどうでもいい——と言わんばかりの返事をした。

十兵衛本人が自分の身分に拘泥しないのだから世話はない。城勤めより山野を旅する武者修行のほうが性に合っている。

信十郎は訊ねた。

「大納言様は」

「うむ。思いのほかご快活だ。ご気色よく旅をなさっておられる。世話を焼かせることもない」

遠慮のない返答に、一同は苦笑せざるをえない。

十兵衛は晴れがましい顔つきを青空に向けた。

「やはり外はいい。大納言様を城に閉じ込めておくのには同意できん。御殿などに籠もっておっては男が廃《すた》る」

かつて、家光を口車に乗せて深夜の城外へ連れ出し、暗殺されかけたことなど、すっかり忘れているようだ。信十郎と甚内はますます苦笑を禁じえず、キリは姉が弟を叱るような顔つきをし、鬼蜘蛛は下唇を不満げに突き出した。

そんな空気にはまったく無頓着に十兵衛はつづけた。

「親父殿より使いがあった。御所忍び八部衆の一人、巌春とやらが討たれたそうだ」

「ほう」

一同が目を丸くする。キリだけが目つきを険しくさせて訊ね返した。

「討ち取ったのは、誰だ」

「甲賀組の新太郎景本だとさ」

「あいつか」

キリの白い貌容《かんばせ》がさらに青白くなった。

信十郎と鬼蜘蛛には、新太郎というのが何者なのか見当もつかない。ただ、キリの表情の険しさから、ただならぬ相手なのだろうと推察した。

十兵衛もキリの表情の変化に目敏《めざと》く気づき、口元を歪めて笑み崩れ、「ヒヒヒッ」と卑しげな笑い声を漏らした。

「こいつァ、伊賀者も負けてはおられませんなぁ」

「こいつ！」

キリが何か言い返す前に身を翻して駆け下りていった。

「ま、柳生但馬守様の計略は、まずまず当たった、ということですかな」

甲賀組に先を越されて不満なのは、鳶澤甚内も同じらしい。不機嫌な口調で吐き捨てた。

四

「困ったことになったわ」

家光附年寄、青山忠俊が渋い顔つきを寄せてきた。

西ノ丸の年寄御用部屋。締め切った室内に忠俊と松平信綱、稲葉正勝が顔を揃えている。家光を支える直臣団の最高幹部だ。

「天海僧正が祈禱僧をおよこしになられた。ご病気平癒の祈禱をなさるべし、と仰せられる。……こともあろうに天海様じゃぞ。お断りもかなわぬ」

家光の替え玉は御寝所に用意してある。この替え玉を家光であると偽って、本物の家光が入京するまで、周囲を欺くのがこの三人に課せられた使命であった。

影武者を行列に仕立てて上洛する。当然ながら、御所忍び八部衆の襲撃はことごとく空振りするであろう。

これが、柳生宗矩の献策であった。

だが。最大の障壁が家光の身近に潜んでいた。お福である。この女に影武者を見抜かれ、大騒ぎされたりしたら、御裏方の女房、女中に、即日で知れ渡る。

女というものはおしゃべりだ。翌日には城外にまで伝わるであろう。

であるから、お福を埒外《らち》に置いておいたのだが、それがかえって裏目に出たようで、あれこれと忙しく立ち働いては、家光の御前に出ようとする。

いかにすべきか。と、青山忠俊と稲葉正勝は頭を抱えた。

一方、

「よろしいではございませぬか」

というのが、松平信綱の意見である。

お福が江戸城内で騒げば騒ぐほど、家光の病は信憑性を増す。家光が城内にいるという証拠にもなる。

一旦は「なるほど」と納得した青山忠俊たちであったのだが、しかし。

まさか、天海まで引っ張り出してくるとは思わなかった。忠俊は、いささか追い詰められた気分でいる。

と、そのとき、またしても松平信綱が、さらりと晴れがましい顔つきで答えた。

「よろしいではございませぬか」

忠俊はジロリと不穏な目を向けて、この才気走った若者を睨みつけた。

「何がだ」

信綱は、年寄（老中）に睨まれても臆することなく、口元に微笑まで浮かべさせている。

「その祈禱僧なる者が、大納言様のお顔を見知っているはずもございませぬ。ましてご病床は御簾《みす》の奥。替え玉であると見抜かれることはございますまい」

あまりに晴れがましく、一点の曇りもない理屈なので、青山忠俊はかえって不安になった。

理由はわからないが、心の中で「そううまく話が進むものか」と感じている。

忠俊は、信綱の端正な美貌の、さも得意気な微笑を苦々しく見つめた。

──こやつは苦労が足りておらぬ。

たしかに、知恵比べでいえば、信綱に敵《かな》う者は、まず、いない。この若さで早くも幕閣随一との評判だ。

──しかし、痛い目に遭っておらぬ。

痛い目に遭っておらぬから、知恵の出し加減を心得ていない。頭がよければそれでいいと思っている。頭さえよければ人に勝てると無邪気に信じているようだ。

──それこそが本当の馬鹿なのではないのか。

と、思うのだが、何を言い聞かせても、頭のよい信綱は、頭の悪い老人の言うことなどに耳を貸しはしないだろう。

頭の悪い者が、頭のよい者より正しい選択を取れるはずがない。理屈ではそうだし、そうあってしかるべきなのだが、現実は往々にして正反対だ。老人は痛い人生経験を積み重ね、利口者なら当然のこと、馬鹿でも馬鹿なりに、その真理に気づいている。これこそが叡智というものであろう。平たく言えば年の功だ。

とにもかくにも。

祈禱僧の対処に関しては、信綱の意見に従うよりほかになさそうだ。青山忠俊は腕組みをして、首を傾げ、ウンウンと唸る。

松平信綱は、「こいつ、さっきからいったい何を悩んでいるのだ？」という顔つきで、面白そうに見守っていた。

天海が送りつけてきた祈禱僧は、錦の法衣を引きずりながら静々と、家光の寝所に踏み込んできた。

初夏だというのに襖も杉戸も締め切りで、病人から発せられる異臭がムンムンと充満している。

御簾の奥は暗い。床に伏した人影がぼんやりと見える程度であった。

祈禱僧はチラリと御簾に視線を投げた。その瞬間、瞼の奥で瞳がギラリと光ったのだが、そのことに気づいた者は、誰もいなかった。

護摩壇が積まれている。祈禱僧は着座して、火をかきたてはじめた。

——別人だな……。

すでにして見抜いている。

この祈禱僧の正体は風鬼《ふうき》という名の忍びである。天海配下の山忍びの中でも、五指に入る手練であった。

天海の命を受け、斉藤福の身辺を警護していたこともある。当然ながら、福が世話をする家光のことも見知っていた。

斉藤福も家光も、風鬼が自分たちの警護をしていたことなどを知らない。御前に姿をまったく見せないからだ。だが、風鬼のほうは樹上や天井裏から、仲むつまじい乳母と若君を見守ってきた。

御簾越しとはいえ見間違えるはずもない。また、姿が見えなかったとしても、息づかいや体臭で別人とわかる。

——側近衆めは、いったい、何を意図してこのような……。

護摩壇を焚き上げつつ、横目でチラリと窺うと、松平信綱がまっすぐ前を見据えたまま、鼻先をツンと澄ましていた。


その家光であるが。

上尾宿で昼食《ちゅうじき》をとり、駕籠に乗って出立しようとしたとき、ちょっとした騒動に巻き込まれた。

「おんやまぁ、いい若いモンが駕籠に乗り、そこの爺様を歩かせようってのか、罰当たりめ。地獄に堕ちるがいい」

嗄《しゃが》れ声の悪態が聞こえてきた。家光も十兵衛も柳生の剣士も、呆気にとられて目を向けた。

白髪頭を振り乱した老婆が、杖を片手にヨタヨタと歩いてくる。いかにも根性がねじ曲がった顔つきで、歯の欠けた唇をクチャクチャと鳴らしていた。

「地獄に堕ちろ、とは、このわしへの言葉か」

家光は、素直な驚きを顔に出して聞き返した。

「オウよ。ほかに誰がいようかい」

「しかし、地獄に堕ちろと呪われるほどの悪行をなした覚えはないが」

老婆は、その表情に固まってしまったような顰《しか》めツラで、ジロジロと不躾《ぶしつけ》な視線を向けつつ、駕籠に腰を下ろした家光を眺め下ろした。

「見れば、身体のどこも悪くなさそうな若造だ」

「いかにも」

「たわけ者！　だったら爺様を駕籠に乗せて、おのれは自分の足で歩かんかい！」

ビュッと杖が突き出された。

そのとき。

「じ、爺様と申すは、このわしのことか！」

酒井備後守忠利がカッと激怒して叫び返した。

七十歳が『古来稀なり』と言われた時代であるから、六十四歳といえば、老人もいいところなのだが、忠利本人はそう思っていない。まだまだ若い者には負けぬ、これからひと働きもふた働きもして、家光の治世を支えていかねばならぬ、と気負っていただけになおさらだ。

さらにはこの老婆が、どう見ても、八十過ぎ、自分より年寄なだけに、老人呼ばわりは業腹であった。

「おう、爺様であろうわい。こんなヨボヨボの爺様を歩かせて、いい若い者が駕籠を使うとは、こんな罰当たりがあろうかい」

ギロリと凄まじい視線を家光にぶつけて、

「駕籠に乗るほどの身分とも思えん。なんで駕籠など使うか。年寄をいたわることも知らぬうえに、身の程もわきまえぬ大馬鹿じゃ」

と決めつけた。

「この、無礼者!」

忠利が顔面を真っ赤に紅潮させて、腰の刀に手を伸ばした。

「待て!」

家光がとめた。駕籠からスラリと降り立った。

「長幼の序を尊ぶは孔子の教えじゃ。わしは論語を読んで、論語の意味を知らなんだ。この婆様に叱られて、なにやら刮目《かつもく》いたしたわ」

家光は妙に晴れがましい顔をしている。忠利も十兵衛も、唖然として見守るしかない。

「さぁ、爺、先師の教えぞ。そちが駕籠を使え。わしは歩く」

「な、何を仰います！」

泡を食って腕を振り回し、抵抗する忠利の肩を押して、無理やり駕籠に乗せてしまった。

「これでよい。天道とは、かく、あらねばならぬものじゃ」

それから老婆に向き直り、

「子貢《しこう》曰く、『文武の道は有らざる所なし、なんの常師かこれあらん（世の中のいたるところに先生と仰ぐべき人物がいる。学問所や道場の師だけが先生なわけではない）』とは、まさにそなたのような者をこそ、申すべきかな。今日はそなたに教えられた。これこのとおり礼を申す」

ペコリと頭まで下げた。

老婆は、ひねくれ者の常として、褒められたり優しくされたりするとかえって動揺する質らしく、一転、困り顔になると、ブツブツと口の中で悪態をつきながら退散した。

「しかし、これは拙《まず》い。これはいけませぬぞ」

駕籠の中で忠利が喚《わめ》いている。

十兵衛は、思案したあとで進言した。

「たしかに、あの老婆の申しようにも一理ござる」

「そのほうまで何を申すか！」

「大納言様はあくまでお忍び。目立たぬように計らうことこそ肝要。お若い大納言様がお駕籠を使えば、あの老婆ならずとも、人目を引きましょう」

病人や老人でもないかぎり、武士は駕籠などに乗らないものだ。

「しかしの……」

十兵衛は、皮肉そうに唇を歪めて笑い、忠利の耳元で囁いた。

「なあに、お疲れになれば、すぐに『駕籠じゃ！』と仰せになられましょう」

その家光は、「さぁ、出発じゃ」と、大手を振って歩きだしている。

「替え玉じゃとォ⁉」

斉藤福が金壺眼《かなつぼまなこ》を精一杯に見開きながら絶叫した。

風鬼が長局の庭先に畏まっていた。

「ハッ、大納言様のご病気は真っ赤な嘘。敵味方ともに欺く、西ノ丸衆の策謀かと存じまする」

祈禱を終えて下がった風鬼は、祈禱僧の扮装を解くやいなや、忍び装束となって本物の家光の行方を探った。そして瞬くうちに真実を嗅ぎ出した。

天海配下の山忍びにも山岳宗教者のネットワークがある。

家光がお忍びで中山道を京に向かったことなど、すぐに調べをつけることができた。

風鬼は、摑んだ事実を福に伝えたものかどうか、少し悩んだ。

悩んだあげく、伝えることにした。

この男なりの計算がある。天海はすでに老いた。早晩この世を去るであろう。

一方、福の運勢はこれからが昇り調子である。家光が将軍となれば御裏方（のちの大奥）を仕切る実力者となり、幕府を陰で操るに違いない。

――乗り換えるなら今のうちだ。

天海とともに沈むより、福とともに上昇したほうがいい。

「本物の大納言様は、すでにご出立、供の者に護られて、中山道を京へ上っておられまする」

「なんと！　も、もそっと詳しゅう教えよ！」

なんと、と言いたいのは風鬼のほうだ。福は濡縁を飛び下りて、庭に跪《ひざまず》いた忍者の前まで這い寄ると、その両肩に手を伸ばして揺さぶった。

忍びは下賤の者である。将軍家の乳母が同じ土俵に下りてきて、手をかけることなど、中世の社会常識では考えられない。

風鬼は。

忍びの者だけに異様に冷静であった。驚くとか感激するとか、恐懼《きょうく》する前に『これは、しくじったかな』と直感した。

この女には理性というものが欠けているようだ。仕えるのには、心もとない人格である。

だが、こうなってしまった以上、後戻りはできない。斉藤福の命に従っていくよりほかに道はなかった。

その日の夕刻。

江戸城、平河門から馬蹄を響かせて、騎馬の一団が走り出た。

白髪を振り乱し、鬼の形相の老婆が先頭を走っている。

ちょうど夕刻で人々が通りに溢れていただけに、嫌でも人目を引いてしまった。

通りを駆け抜けて中山道に向かった老婆と従者を、旅籠の窓から目撃した者がいた。

ぽっちゃりとした色白の肌、ふくよかな恵比須顔の中年男である。小太りの短軀で動作はのっそりとしている。

御所忍び八部衆の一人、化野暁雲斎《あだしのぎょううんさい》であった。

大坂から下ってきた商人という触れ込みで、宿をとっている。江戸の町の発展のため上方《かみがた》の技術者や経済人は不可欠であったため、上方訛りの旅人が怪しまれることなどまったくなかった。

その恵比須顔が眼光を鋭くさせ、眼下を駆け抜けた老婆一行を見送った。

——あれは……。

斉藤福ではないか。

斉藤福の夫、稲葉正成《いなばまさなり》は小早川秀秋《こばやかわひであき》の家老であった。

秀秋が若くして病没し、小早川家が滅亡すると、正成と福は浪々の身となった。

斉藤福は、乳母として徳川家に迎えられるまでのあいだ、京近辺に居住していたのだ。

そんな次第で、彼は斉藤福の顔を見覚えていた。

——家光の乳母様が、いったい、いずこへ行く気や……。

忍びならではの直観力で大事を見抜いた暁雲斎は、ノロリと窓から這い出ると、夕日の中を走りはじめた。

「旦那さん、お急ぎですかい？　馬を召しませ」

そう言いながら何食わぬ顔で馬を引いて寄ってきたのは、配下の下忍である。緊急時には馬方に化けてくるように命じてあったのだ。

「ああ、おおきに。礼は弾《はず》むよってにな」

急ぎの用が出来《しゅったい》した商人の顔つきで馬に跨がる。と同時に、忍びだけに聞き取れる音声で告げた。

「蓬火居士《ほうかこじ》に知らせるんや。わしは福を追うで。ほな、あとで会おう」

宿場ではほどほどに走らせ、街道に出るやいなや、一気に鞭を鋭く当てて走らせた。

福と従者が残した蹄痕は道にくっきりと残されている。まず、見失う心配はない。

第四章　激闘 碓氷《うすい》峠

一

「家光がすでに江戸を発った——だと？」

御蓋坊が不穏な眼差しを下座に向けた。

東海道のとある宿場町。御所忍びたちの隠れ家である。土間には配下の下忍が平伏していた。

「はは。化野暁雲斎様よりの繋ぎにございます」

鳩の足に結びつけられてきた文を広げて手渡した。

「……ふむ。徳川め、姑息《こそく》なことをしよるわ」

「すぐ、残りの八部衆にお伝えしませぬと」

「いや、待て」

御蓋坊は片手で制した。

「慌ただしく陣替えをいたしては人目につこう。おそらく、中山道は徳川の忍びが目を光らせておるはずだ。大挙して刺客を送れば、すぐにそれと知れ渡る」

「いかにも」

「巌春めが討たれたは、隠れ場所を突き止められて押し包まれたからぞ。同じ轍《てつ》を踏んではならぬ」

御蓋坊は黙考に入った。

「暁雲斎と蓬火居士には『気取られぬようにあとをつけろ』と伝えよ。おそらく家光の周囲には徳川忍軍が陣を布いておるはずじゃ。構えて手出しは無用のこと、と、厳命せよ」

と、言いかけて、突然に何事か閃いたのか、眉毛をピクッと動かした。

「いや、待て。……ふうむ。それも面白いかもしれぬ」

「なにか」

御蓋坊は、長考のあとで、決然と顔を上げた。

「鼓童子《つづみどうじ》と岩魚麿、それに手勢を四十ほどつけて、中山道を東に走らせろ。決戦の地は碓氷峠。家光の一行を、暁雲斎と蓬火居士とで挟み討ちにするのじゃ」

「しかし、それではいかにも人目を引きましょう」

隠微で知られた御所忍びとも思えぬもののしさだ。

「いいやかまわぬ。それでいい」

腹中に何事か隠しつつ、御蓋坊は満足げに頷いた。

二

その日の夜。

家光主従は熊谷宿に宿を定めた。忍び旅は順調につづいていたのだが、しかし――。

熊谷宿に布陣した徳川忍びの集団は、ときならぬ大混乱に巻き込まれていた。

繋ぎ役の忍びが凄まじい勢いで街道を走る。それも一人や二人ではない。影の陣を布《し》く忍びたちと声高に言葉を交わし合った。声をひそめる余裕すらない。

夜中とはいえ夜道を急ぐ旅人もいる。近在の百姓の若い衆が、逢い引きをしたりもしている。

そんな中を黒装束で突っ走れば、嫌でも人目につく。巧妙に秘匿した忍び陣のありかも明るみに出てしまうだろう。

それでも彼らは走り回らずにはいられなかった。斉藤福が、熊谷めがけて突進してきていたからである。


「なんじゃと？」

配下の忍びからの第一報を受け取った鳶澤甚内は、この男にしては珍しく取り乱し、口をあんぐりと開けてしまった。

それでも智嚢は怜悧に働いている。

「俺が伝えに行く」

急いで隠れ宿を出て、家光主従が泊まる旅籠に向かった。

鳶澤甚内の表向きの顔は古着商だ。

江戸で仕入れた古着を関八州の在郷で販売する——という名目で徳川領をくまなく廻り、監視していた。

馴染みの旅籠はいたるところにある。日頃から過分に金を撒いているので『江戸の大店の大旦那様』と、下にも置かれぬ扱いを受けていた。

家光が泊まった旅籠も、甚内御用達の宿である。主人の身元は確かであり、人柄にも信頼がおけた。

甚内は表の板戸を叩いた。

「夜分にすまないが、開けておくれ」

宿屋の主人が寝ぼけまなこで顔を出した。

「あっ、これは、古着屋の旦那様」

日頃の心づけと信用がものを言い、甚内は旅籠に上がり込むことができた。急な商いで遅くなったふうを装い、座敷を用意してもらった。

主人は自分の旅籠に大納言家光が宿泊していることなど知らない。格別、警戒する様子もなかった。

勧められた夜食と寝酒は断り、甚内はいったん布団に入った。寝入ったふりをして半刻ほど待ってから、家光主従の座敷に向かった。

足音を忍ばせて廊下を進んでいくと、

「誰だ」

障子越しに誰何された。さらには凄まじい殺気まで浴びせられた。甚内ともあろう者が、首筋に冷や汗をかいてしまったほどである。

寝ずの番をしていた者がいたようだ。

――さすがは大納言様の護り役だな。おそろしい手練だ……。

甚内は半ば感心しつつ、口惜しさ半分に身を震わせた。

甚内とて風魔の頭目。それと知られた忍家である。気配を絶って歩を進めたのに、やすやすと見破られてはたまらない。

「鳶澤甚内でございます」

障子が音もなく開いた。柳生十兵衛が顔を出した。

「ああ、あんたか」

と、途端に陽気な声に変わる。殺気が解かれ、甚内は内心でホッと息をついた。

「お伝えせねばならぬことが出来いたしまして……」

「皆、寝ているが」

「いや、起きておる」

奥の襖がカラリと開いて、酒井忠利が寝間着姿でやってきた。

「鳶澤か。何事か」

「はっ」と甚内は平伏し、ことの次第を手短に告げた。

「なにっ、それはまずい！」

酒井忠利が両目をひん剝いた。

斉藤福は何事につけ大仰《おおぎょう》な女である。『若君様、若君様』と絶叫しながら宿場じゅうを駆け回り、家光を見つけるやいなや大声で泣き叫ぶであろうことが、まざまざと想起できた。

「大納言様のお忍び旅が、宿場じゅう——否、街道じゅうに知れ渡りましょう」

「いかにも！　これはいかん！」

酒井忠利は家光の休む座敷に取って返した。

家光は就寝中を叩き起こされ、寝ぼけまなこで宿場の外まで連れ出された。

夜道を蹴立てて福の一団がやってくる。宿場を遠く離れた畦道で、家光とお福は再会を果たした。

どうにかこうにか、最悪の事態だけは免《まぬか》れたようだ。甚内はフウッと溜め息をついた。

信十郎は宿場の外れの地蔵堂に宿をとっていた。騒ぎに気づいた鬼蜘蛛が四半刻前に出ていって、ようやくに戻ってきた。

「おい、大変やで。乳母の婆様が追いついてきよった」

「そうらしいな」

信十郎が低い声音で答えた。

「今、その話を聞いていたところだ」

鬼蜘蛛は顔を上げ、『ハッ』と気づいて身構えた。腰の後ろに手を伸ばし、得物のクナイを握りしめた。

地蔵堂の奥の暗がりに、何者かの影が潜んでいる。それはまさに影としか言いようのない存在であった。

信十郎は、鬼蜘蛛を制した。

「まあ待て。敵ではなさそうだ」

暗がりからは不気味な声も響いてくる。

「ああ……。敵ではない。ただし、今のところは、だ」

「どこのもんや」

「シキ……、と言えば、わかってもらえようか……」

「シキ、じゃと？」

「左様」

暗闇が身じろぎをする。チラリと視線を信十郎の顔に向けた——ような気配が伝わってきた。

「この男に腕を斬られた隠形鬼《おんぎょうき》の身内よ。ふふふ……。『腕の恨みは必ず晴らす』と申しておったぞ……。あやつはしつこい。せいぜい気をつけることだ」

信十郎はフンと鼻を鳴らした。

「こちらも殺されかけたのだ。それであいこということにせぬか」

「さあての……」

「いずれにせよ、今は『徳川を護る』という、同じ使命を負っておる。忍びは仕事に仕える者だ。つまらぬ意地など張らぬがよかろう」

「いかにも。秀忠と家光を無事に京都に送り届けるまでは、我らは一味同心ということだ。だが、それから先のことは知らぬ……」

「勝負を預けるということか」

「そう思っておればよい」

暗がりからスウッと、忍びの気配が消えた。あとには寂れた板壁があるばかりであった。

翌朝。熊谷宿を出立する駕籠は二丁に増えた。

一つには酒井忠利が、もう一つには斉藤福が乗っている。

忠利も十兵衛も柳生の剣士も、そしておそらく忍びの者たちも、皆一様にウンザリという顔をしていたであろう。

家光と福だけがにこやかに微笑んでいる。家光は忠利と福を交互に見て、

「やぁ、これは、夫婦者のようじゃな」

と、軽口を叩いた。

忠利は家光の傅役、福は乳母で、家光を巡っては同僚のような立場だが、必ずしも関係はよろしくない。夫婦に見えるなどと言われても不愉快なばかりだ。

だが、家光に、

「そなたらが夫婦者であるとするならば、さしずめ余は、その息子というところじゃな」

などと言われてしまったものだから、二人して同時にニンマリと笑み崩れてしまった。

「左様ならば、仲よく道行き、と洒落《しゃれ》こみましょうかの、お福殿」

「ええ。手に手を取ってまいりましょうぞ」

十兵衛は呆れ顔で『フガーッ』と鼻を鳴らした。

秀忠の道中は由比に差しかかっている。

柳生宗矩の宿所に、顔の半分に火傷を負った老忍が駆け込んできた。

宗矩はすぐに引見した。

庭に土下座した老忍が言上した。

「御蓋坊めは、岩魚麿と鼓童子に命じ、碓氷峠にて大納言様を討ち取る算段にございまする」

四十人もの下忍を動かし、決戦の態勢をとったことを告げた。

「なんと。……御所忍びとも思えぬ、猛々《たけだけ》しい陣形よな」

「それだけ追い詰められておる、ということでございましょう」

宗矩は腕を組んで黙考した。

――援軍を送るべきか。

宗矩はしばし悩んでから、秀忠を護る忍び衆を呼びつけた。

三

家光一行は神流川《かんながわ》を渡河して上州に入った。関東平野の北端である。広漠たる大地が広がっている。東を見ればなだらかな山容の赤城山。西に目を転じれば峨々たる山容の妙義山が一望にできた。

「これは、天下の奇観であるな」

家光も感心しきりである。平野を挟んでこれほど対照的な山の形を楽しめる場所は珍しい。

一行は高崎宿まで北上し、そこから進路を西に取った。

家光は健気《けなげ》にも歩きつづけている。すぐに音《ね》をあげると予想していた十兵衛だが、若君の意外な根気に驚かされた。

家光は殿様育ちではあるが、城内を移動する際には自分の足で歩かねばならない。江戸城は坂道や階段の多い構造で、かつ、嫌になるほど広大である。ゆえに、それなりに足腰は丈夫なのだ。

もっとも、あまり歩かせて、過労で熱でも出されたら大変である。庶民が一日に十里（四〇キロ）旅するところを、家光は八里（三二キロ）のペースで旅をつづけた。

安中《あんなか》の宿場に入る手前で碓氷川を渡る。渡し船を使うのだが、その船着場で、道中三度目の騒動が起こった。

渡し場の船頭が、なにやら大声を張り上げている。若い女と揉め事を起こしているようだ。

「何事か」

家光が首を伸ばして遠望した。

「見てまいりまする」

十兵衛は列を離れて先行した。川岸の土手を駆け下りて桟橋に向かった。

「何を騒いでおるのじゃ」

権高《けんだか》に言い放つと、船頭はギロリと険しい視線を向けてきた。

無精髭を生やした大男だ。夏なので褌一丁の姿である。棹を操る腕が太く、胸板も厚い。揺れる舟の上で踏ん張りつづける仕事だけに、足腰にもガッチリと筋肉がついていた。

並の者なら気後《おく》れしそうな相手だが、そこは柳生十兵衛である。ノシノシと歩み寄っていった。

「なんじゃ、おのしは」

船頭は、十兵衛の若年を軽んじたのか、横柄な口を利いた。

「客だ。舟を出してほしい」

船頭は、土手の上に視線を投げて、駕籠二丁と数名の供を見て取った。

「なんじゃ。このアマっ子の連れかと思っただ。お客なら話は別だべ」

それが愛想のつもりなのか、醜い顔を妙な具合に歪めさせると舟に飛び移り、杭に繋いだ舫《もや》い綱をほどきにかかる。

と、娘が船頭にしがみついた。

「お願いどす。うちも、乗せてくださりませ」

なにやら必死の形相だ。

「ええい、邪魔だ、このアマっ子」

太い腕で振り払おうとする。

「よさぬか」

十兵衛はとめた。たおやかな乙女である。船頭の太い腕で振り払われたら、怪我を負ってしまいそうだ。

船頭は『フンッ』と鼻息を漏らした。

「銭ッコを持ってねぇモンを乗せるわけにはいかねぇだ。関東郡代様のお決めになった法度《はっと》だけんな」

川の渡し船を管轄しているのは関東郡代であるが、こんな僻地でも法令が行き届いているのは見事というか、杓子定規にすぎるというべきか。

女は絶望しきった顔つきで、目に涙をため、オロオロと袖を振った。

「いかがしたのじゃ」

十兵衛の肩越しに声がした。

十兵衛が振り返ると、そこに家光が立っていた。不思議な生き物を見るかのような目つきで、娘を眺め下ろしていた。

娘は、家光の挙措《きょそ》に高貴なものを感じたのか、丁寧に腰を折って頭を下げた。

娘は鈴《すず》と名乗った。京の商家の娘であるという。

「して、なにゆえ一人で旅などいたしておる」

「それは……、供の者が急な病で身罷《みまか》ってしまい……」

京に戻る途中、供の者に死なれてしまった、という。供の者は街道筋の寺で荼毘《だび》に付し、仕方なく一人で旅をつづけようとしたのだが、どこで落としたのか置き忘れたのか掏《す》られたのか、財布をなくしてしまったそうだ。

見るからに育ちがよさそうで、悪く言えば、注意力の足りなさそうな娘だ。

「それは難儀であるな」

ここ数日の旅路で逞しく日焼けした家光が、思案げに俯《うつむ》いた。

「よろしい。お鈴とやら。我らとともにまいるがよい」

「は?」

お鈴と十兵衛が、同時に目を丸くして、間抜けな声を張り上げた。

家光はニンマリと微笑を浮かべている。

「なあに、かまわぬ。我らも京へ向かう道中だ。一人ぐらい道連れが増えたところでなんということもない」

いや、なんということもなくはないだろう、と、十兵衛は思った。

身分を隠しての隠密道中なのだ。家光が、少ない供と出歩いていることが御所忍びに知られたら、即座に襲撃を受けてしまう。部外者とともに旅をするなどもってのほかだ。

しかしお鈴は、滂沱《ぼうだ》の涙を流して頭を下げている。

「おおきに、おおきに、ありがとうございます」

「うむうむ」

家光は満足そうだ。

「いや、お待ちくだされ」

十兵衛は家光を遮った。この娘とともに旅することはできない。何がなんでも思い直してもらわねばならなかった。

「殿、なりませぬぞ」

「なにゆえだ」

なにゆえだ、と、聞かれても、娘の前で説明するわけにもいかない。

――それぐらいのこと、手前《てめ》ぇの頭で判断しろよ。

内心辟易とした。

そのとき、思いもよらぬ方向から横槍が入った。

「待ちゃれ」

斉藤福が、異様に険しい顔つきで、家光とお鈴を睨みつけている。

十兵衛はホッと安堵した。福の言うことなら、家光は無条件で聞き入れてくれるだろう。

ところが。

福がとめたのは、家光ではなく十兵衛のほうであったのだ。

福は、お鈴に向かって高々と言い放った。

「娘、若君様のお供をいたせ」

娘はますます低頭した。

「ちょっと、お待ちくだされ！」

十兵衛はお福の袖を取って、一行からすこし、引き離した。家光たちに背中を向けて耳元でコソコソと語りかけた。

お福に対してこんなことができるのも、家光の乳母と奥小姓だからである。そして十兵衛だから、であろう。

「いかなるご所存にございまするか！」

問いただすと、お福は突然、ニンマリと笑み崩れた。不気味なほどに上機嫌な笑顔であった。

「あれを見よ、十兵衛殿」

桟橋の前に家光とお鈴が立っている。

「大納言様の、あのお顔」

家光は、といえば、好ましげな笑みを浮かべて、お鈴の美貌を見下ろしていた。

「これは、好機ぞ！」

十兵衛には何が何やらわからない。

「いかなる好機にございまするか」

一転、斉藤福は鬼婆のような険しい顔つきになった。

「たわけ！　側室選びに決まっておろうが！　よおく見ぃ！　大納言様がかつて、女人に対してあのようなお顔を見せたことがあったか！」

説明が要る。

徳川家光という男は、今で言うホモセクシャルであった。この年二十歳になろうというのに、女には一切興味を示さない。性欲がないわけではない。女には性欲を感じない人間だったのだ。

もっとも、この時代の常識で言えば、衆道（男同士の同性愛）は、いたって普通の行為である。友愛を高め合う、崇高な行為であるとさえ考えられていた。

逆に、女性しか愛さない男のほうが軽蔑された時代である。

秀吉や家康は『スケベジジイ』として今日まで評判を残しているが、実は、この評価は、彼らが女体にしか興味がなく『男同士の友愛を高め合う行為』には一切の関心を示さなかったがゆえである――という説まであるほどなのだ。

しかしながら。

いくら男同士で友愛を高め合ったとしても、御世継ぎは生まれてこない。

これでは将軍として問題があるし、御家騒動の原因ともなる。

戦国時代の引き金となったのは、応仁の乱であるが、この戦争の原因は、足利将軍義政に、長らく子ができなかったから、なのである。

将軍ほどにも偉くなると、子ができないぐらいのことで日本じゅうがひっくり返るほどの騒動になる。当然、戦となれば大勢の人が死ぬ。

「子を作る作らぬは個人の自由」などとは言っていられないのである。権力者にそんな身勝手をされたら、民草は安心して生きていられないのだ。

お福の心配はもう一つある。

家光には忠長というライバルがいる。家光が子を作れなければ、当然、次の将軍は弟の忠長ということになる。

将軍家としては、それでもまったく問題ないのだが、忠長擁立派と暗闘を繰り広げてきたお福にとっては、許すべからざる事態だ。

なんとしても、家光に子を生《な》してもらわねば困る。

だが、家光は女性に興味を示さない。

しかし。

「ようく見てござれ、十兵衛殿。大納言様のあのお顔……」

お福と十兵衛は、頬を寄せ合うようにして、家光の顔つきを窺った。

「どうやら大納言様は、あの娘をお気に召したよう……。この福の目には、そう見えるぞえ」

「はあ……」

十兵衛は声も出ない。

たしかに、ここ数日の家光は、旅歩きで身体を動かしているせいか、妙に男性的な活力を発現させている。その延長で女に興味を示したのかもしれない。

「これでよい。これでよいのじゃ！」

お福は欠けた前歯の隙間から息を漏らしながら笑い声をあげた。

「しかし、あのような氏素性も知れぬ娘を……」

「たわけ！　東照大権現様にしてからが、どこの馬の骨とも知れぬ女ばかりに子を産ませておったではないか！」

「それは、まぁ」

家康は、故意に、身分の低い女ばかりを身近に置いたようである。それも彼なりの用心なのであろう。

家康は、徳川の娘を宮中に入内させることで、天皇家という権力機構をそっくり乗っ取ろうと計画した男だ。自分がそんなことをしているのだから、当然、徳川家が誰かに乗っ取られる心配もしたはずだ。

身分の低い者ならば、いかに世継ぎを産ませたところで、その世継ぎが将軍になったところで、将軍家という政治機構を乗っ取られる心配はない。将軍の生母が鍛冶屋や八百屋の娘なら、鍛冶屋や八百屋の一族がどう策謀を逞《たくま》しくしても、旗本八万騎を擁する将軍家を簒奪できるはずがないからだ。

ゆえに、側室とするのなら、身分が低い女のほうが安全なのである。

「さあ、まいりますぞ。お鈴とやら。そなたは若君のおそば近くに、の？」

お福が息せき切って渡し船のほうに走っていく。

十兵衛は凛々しい眉毛を情けなさそうに歪めさせた。

一部始終を遠くの雑木林からキリが見ていた。

「これは拙《まず》いな……」

ボツリと呟く。

キリもまた、娘の素性に怪しい気配を感じていた。むしろ見え見えなほどである。しかし、この見え見えが恐ろしいのだ。それがくノ一の忍術なのである。男というものは、どうあっても美女には脇が甘くなる。下手をすると、騙されていると承知しながら『騙されてもいい』などと言いだして、嬉々としていたりもする。

キリは袂を翻して走り、一行の前に先回りした。

「小用だ」

十兵衛は柳生の剣士たちに断りを入れると、列から離れた。

街道脇の木立に立って袴の前をたくし上げた。

心地よく放尿していると、突然、

「おい」

と声をかけながら、キリが木立の奥からヌウッと姿を現わした。

「おわっ！」

十兵衛は慌てて横を向いた。が、小便はとまらない。

「何をそんなに慌てておる」

キリは涼しい顔だ。

いつのまにか武家娘らしい旅装に着替えている。市女笠《いちめがさ》と杖まで携えていた。

「話がある」

「ちょ、ちょっと待て！　ションベンをしているときに、いきなり前から出てくるやつがあるか！　……チッ、袴にひっかかっちまった」

「いまさら隠すほどのモノでもあるまい。オレの目の前で素っ裸になり、川遊びなどしておったではないか」

「それは五歳六歳の童《わっぱ》の頃の話じゃねぇか！」

十兵衛はようやく身繕いを終えた。

「で、なんの用だ」

「口利きを頼む」

「どんな」

「オレを家光の行列に加えろ。……あの女、油断がならない」

十兵衛はフン、と、鼻を鳴らした。

「それについては同感だが」

「あの女、御所忍びのくノ一だとしたら、男どもの手には負えまい」

「ふむ。それは願ってもねぇ援軍だが、しかし、キリ姉をなんと言って紹介する？

まさか、服部半蔵の三代目です、とは言えんだろ」

「そこは適当に言いくるめろ」

　キリは十兵衛を促して行列に向かった。

　家光と酒井忠利が立っている。その前に腰を折ったキリと、棒立ちに突っ立った十兵衛がいた。

「アー、エー」

　十兵衛は顔を真っ赤に染めている。嘘のつけない真っ正直な——というか、真っ正直にすぎる性格なのだ。若君と上司を上手に言いくるめなければ、と思えば思うほど、言葉が喉から出てこなくなる。家光と忠利に凝視され、冷や汗まで流しはじめた。

「何者なのだ、その娘は」

　酒井忠利が険しい口調で問い質した。

　十兵衛は、水面に顔を出した鯉のように口をパクパクとさせた。

「そのぅ、そ、それがしの、姉とでも申しましょうか……」

「姉!?」

「姉じゃと!?」

家光と忠利が顔を見合わせる。

「そのほうに姉などおったか?」と、家光。

「但馬守に娘がおる、などという話は聞かぬ」と、忠利。

次の瞬間、何を思ったのか、二人は同時にニンマリと笑み崩れた。品のない恵比寿と大黒のような顔になった。

「あの但馬がのぅ……」

「いやはや。他人にもおのれにも厳格な但馬守が……」

「人は見かけによらぬものじゃ」

「若い頃は、あれでなかなかの遊蕩児だったと見ゆるのぅ」

十兵衛は隻眼を白黒させた。いったい、何がどうなっているのかわからない。

「いや、備後守様、これは――」

忠利は片手を伸ばして制した。

「いやいや。申さずともわかっておる。但馬守が囲い女に産ませた隠し子であろう」

十兵衛は喉の奥で『ゲッ』と、蛙の潰れたような声をあげた。

家光まで「クックッ」と忍び笑いを漏らしている。

「案ずるな。これは我らだけの秘密といたす」

そして二人して大声で高笑いを張り上げた。――柳生宗矩に隠し子がいた、ということが、よほどに可笑しかったらしい。

十兵衛は顔を真っ赤にさせている。キリは素知らぬ顔でよそを向いていた。

四

家光主従の行列は、碓氷峠の麓、横川の本陣にまで達した。

横川には碓氷関所が置かれている。

碓氷関所は東海道の箱根関所と同様に、通行改めの厳重だったことで知られている。

もっとも、まだこの当時は、人別改めも緩やかだった。『入り鉄砲に出女』などと言われた取り締まりは、ほかならぬ家光の時代に始まる政策だ。土井利勝と松平信綱の強い進言によって始められた。

そうまでせねば江戸と我が身を守れぬほどの窮地に家光は追い込まれていくのであるが、それはまた、のちの話である。

家光主従は無事に関所を通過して坂本の宿に入った。

いよいよ碓氷峠。中山道でも一、二を争う難所である。大事をとってその日は坂本宿に泊まることにした。十分に英気を養い、翌朝の早朝に発ち、次の宿場の軽井沢をめざすのだ。


翌朝は嫌になるほど晴れ渡っていた。

季節は夏の真っ盛りである。早朝から太陽がギラギラと照りつけ、早くも気温が上昇していた。

一行は宿場を発ち、峠に向かった。

と、いきなりの急勾配である。家光は息を切らせはじめた。

「どうぞ、お駕籠をお召し遊ばせ」

毎朝の日課のように、福が声をかける。

「いらぬ」

家光は日課のように断った。

家光なりに、この旅の成否におのれの人生を賭ける気持ちであるようだ。最後まで歩き通せるか否か、それをもって新将軍としての天分を占うつもりなのであろう。

峠道には岩がゴロゴロと転がっている。二人並んで歩く道幅もない。行き交う旅人がすれ違うときは、互いに譲り合うしかないほどに狭い場所もあった。

　中山道（東山道）は天武天皇の御世に整備された官道であり、今で言えば国道の幹線道路だ。

　関ヶ原の合戦の直前、家康によって整備し直され、東山道から中山道へと改称された。

　天下の権力者によって必要とされ、開かれた大道である。それなのに峠は細く険しい。現代人の目で見れば登山道にしか見えない。

　のちに、この道を駕籠に乗って皇女和宮が降嫁してくることになるのだが、そのときですら、碓氷峠は岩石の無数に転がる山道であった。

　お鈴は俯き加減についてくる。ときおり家光が振り返って声をかけた。

「鈴、大事ないか」

　お鈴は、ほんのりと頰を染めて俯いた。

「大事ございませぬ」

　家光は峠道に目を転じた。

「たしかに、女の一人旅には難儀な道じゃ」

　険しいばかりでなく、追剝や獣に襲われる心配もある。

お鈴は、その名のとおり、鈴の転がるような美声で答えた。

「お殿様のおかげで、鈴は心丈夫にございます」

「さもあろう」

家光はカラカラと笑った。

路の傍らには無数の野仏が祀ってある。家光は不思議そうにそれらを眺めた。

「十兵衛、これはなんぞ」

それらの石仏は、この坂道で力尽き、息絶えた旅人の墓標であった。十兵衛がそう説明してやると、家光はしばし両手を合わせて黙禱を捧げた。

――このわしが将軍となった暁には、救い小屋などかけて、旅人を守ってやらねばならぬのぅ。

と、野仏に言い聞かせるようにして思った。

一行は刎石坂《はねいし》に差しかかった。

「おお！」

家光が歓声をあげる。振り返れば、眼下に坂本の宿場が一望できた。自分たちが泊まった旅籠が玩具のように小さく見えた。

「ここは『刎石の覗き』という、中山道の名所にございますえ」

江戸に下る際も通ったのであろう。お鈴が説明した。

天然の展望台である。

「もう、これほどに登ってまいったか」

家光は腰の水筒の栓を抜き、グビリと喉を潤した。

「お殿様」

お鈴が小さな手で手拭いを使い、家光の額や首筋の汗を拭ってくれる。

しかし、これでもまだまだ、峠道を四分の一ほど登ったにすぎない。碓氷峠の標高は、なんと千四百メートルである。

若い家光は山登りがお気に召したようで、晴れがましい顔つきで涼しい風に吹かれていた。

一方。

「十兵衛、見よ、見よ」と家光に促され、坂本宿に目を向けた十兵衛は、

「ムッ……！」

と隻眼をひそめさせ、全身に緊張を走らせた。

「誰かある！」

ハッと答えて柳生の高弟がやってきた。十兵衛は訊ねた。

「あれはなんじゃ」

坂道を異様な装束の者どもが駆け登ってくる。木々や岩を伝い、ヤモリのように這い上がってきた。

鳶澤甚内も飛んできた。

「御所忍びどもの襲撃にございまする！」

「なんと！」

十兵衛は伸び上がって、もう一度、曲者たちに目を向けた。

「しかし！　なにゆえ御所忍びが東より来る!?」

と言いつつ、十兵衛と甚内は、同時に同じことに思い当たった。

――お福殿を追ってきたのだ！

人目も憚らぬ福の軽挙妄動が、敵の忍びを招き寄せたのであろう。

十兵衛は頭の中で、地勢の損得を勘定した。

細く険しい山道で、脇街道もない一本道。家光を逃がすとしたら、急な坂道を駆け上がらせるしかないが、家光にも、福にも、酒井忠利にも、忍びの追撃を振り切るだけの脚力はない。

「俺がここで迎え撃つしかねぇな……」

この場所に踏みとどまって敵を防いでいるあいだに、家光たちを峠に逃がす。幸いこちらは坂の上に立っている。地の利は占めているはずだ。

「敵襲！」

十兵衛は叫んだ。

お福が駕籠の中で悲鳴をあげた。酒井忠利は駕籠から這い出て背を伸ばし、首を左右に振り回した。お鈴は何がなんだかわからぬ様子で、ひたすらに怯えている。そんなお鈴にキリが鋭い視線を向けていた。

「備後守様はお駕籠に！」

十兵衛は小柄な忠利を丸めてくるむようにして駕籠の中に放り込んだ。

甚内も配下の忍びを呼び集める。十兵衛と甚内は手勢を二つに分け、一隊を迎撃に、もう一隊を家光主従の護衛に当たらせた。

「甚内殿は大納言様をお落としくだされ！　俺はここで斬り防ぐ！」

「心得申した！」

家光と駕籠二丁を護りつつ、甚内と手勢は峠を駆け上っていった。お鈴とキリもあとにつづいた。

十兵衛は刀の下げ緒で襷掛けし、鉢巻きを額に巻いて汗留めとした。

敵の忍びの気配が迫ってくる。木々の梢がザワザワと揺れた。

スラリと豪刀を抜く。配下の柳生剣士もそれに倣《なら》う。風魔たちは手裏剣や半弓を手に取った。

「脛《すね》斬りに留意せよ！」

坂の下から攻撃してくる者を相手にする際、恐ろしいのは脛斬りだ。あとは圧倒的に有利である。

忍びがついに姿を見せた。柿色の覆面から目だけを出している。十兵衛たちを見て取ると、殺気を漲らせつつ駆け上ってきた。その速さときたら平地を駆けるのと変わりがない。

十兵衛は――、「ダッ！」と叫ぶと逆落としに体《たい》を躍らせた。

豪刀が唸る。先陣を切って駆け寄ってきた御所忍びの頭に斬りつけた。

御所忍びは忍刀で受けたが、その刀がポッキリと折れた。

「ヌンッ！」

十兵衛はそのまま踏み込み、斬り下ろした。忍びの頭部を覆面ごと叩き割る。

忍びを蹴倒し、踏み越えて、次の忍びに突撃した。忍びは鎖分胴で応戦しようとしたが間に合わない。十兵衛の打ち込みを鎖で受け止めようとしたが、刀でさえへし折る豪剣だ。鎖を握りしめたまま、肩を斜めに斬り裂かれた。

柳生の剣士たちも突撃を敢行する。十兵衛とともに御所忍びの先陣を斬り払い、追い落とした。

先陣の忍び衆を惨殺し尽くすと、十兵衛たちは『刎石の覗き』に取って返した。

その背後に、後続の御所忍びたちが群がってくる。刀を抜いて十兵衛の背中に斬りつけようとした。

その刹那、ビュッと飛来した矢が忍びの胸に突き立った。『刎石の覗き』に布陣した風魔たちが、半弓や手裏剣で柳生衆の後退を援護したのだ。十分に距離を引きつけているので百発百中だ。

十兵衛は御所忍びの動揺を見て取ると、ふたたび踵を返して反転し、追手の隊をさんざんに斬り倒した。

「ようし、いいぞ！」

覗きに戻って一息つく。御所忍びたちは刎石坂に取りつくことすらできない。こちらは柳生の剣士一人が薄手を負ったのみだ。

この調子で斬り防いでさえいれば、家光たちとの距離をどんどん稼ぐことができる。

「御所忍びどもめ、峠で攻めかかってきたのは失敗だったな」

十兵衛は薄い唇を歪めてせせら笑った。

家光たち一行は、山中峠を駆け登り、軽井沢宿めざしてひた走っていた。

さすがに駕籠之者たちは健脚である。だが、揺られている忠利とお福はたまったものではない。

お鈴もヒイヒィと喉を鳴らしている。キリはお鈴から目を離さない。

一行は『座頭ころがし』と呼ばれる難所に差しかかった。こぶし大の石がごろごろと転がっていて足を取られる。旅の盲人が必ず転ぶというので、この名がついた急坂だった。

「若君様、足元にお気をつけくだされ！」

と言っているそばから家光が転んだ。

警護の風魔衆がオロオロとする。

相手は権大納言。殿上人である。一方の忍者は下賤の者。被差別者である。うっかり手など差し伸べられないのだ。

「なんのこれしきッ！」

家光は自分の力で立ち上がると、ふたたび急坂を這い上がりはじめた。

行く手には狭い切り通しが延々とつづいている。

十兵衛たちは剣石の覗きから顔だけ出して、眼下の様子を窺った。

執拗につづいた襲撃がやんでいる。さしもの御所忍び衆も被害の大きさに意気消沈したのであろうか。

――そろそろ大納言様を追うべきであろうか……。

と、十兵衛は思案した。あまり距離を置きすぎるのもよくない。家光たちと十兵衛たちとを切り離すための策かもしれないからだ。

ところが。腰を上げかけたそのとき。

「ムッ……！」

十兵衛の隻眼が顰められた。

「なんだ、あれは」

坂の下から白い煙が湧いてきた。麓から吹き上がってくる風に乗って、煙幕が迫ってくる。

――ムッ！　これは……!?

いきなり煙が目に染みた。隣では柳生の剣士が咳き込んでいる。十兵衛は慌てて口元を押さえた。

ただの煙幕ではない。辛子などの刺激物が混ざっている。目や喉を痛めつけて戦闘能力を削《そ》ぐ作戦のようだ。

と、その直後！

「キエーーーーッッ!!」

白煙の中から躍り出てきた御所忍びが、十兵衛一行に斬りかかってきた。

目には薄い麻布を、口元にも布を、それぞれ水に湿らせて巻いている。この方法なら、煙の中でも活動できた。

十兵衛は咄嗟に鍔元で受けた。体を浴びせた斬撃をまともにくらう。受けきれぬと直観し、故意に後ろに転がった。

隣では柳生の剣士がしたたかに斬りつけられて血飛沫を上げた。

十兵衛は地面の上を転がりながら白煙から逃れた。

幸いなことに、地面近くには新鮮な空気が残されていた。肺いっぱいに吸い込んで立ち上がる。目が染みるのを堪えつつ、霞の向こうの人影に斬りつけた。

御所忍びはザックリと斬りたてられて倒れた。

「坂の上に逃げよ！」

十兵衛は叫んだ。白煙の中からは、次から次へと御所忍びが飛び出してくる。柳生の剣士や風魔たちはゴホゴホと咳き込むばかりだ。なす術もなく倒されていく。この白煙をどうにかしないことには太刀打ちできない。

仲間を助けてやるだけの余裕はない。十兵衛は坂を駆け上がった。


十兵衛は、どうにかこうにか、『座頭ころがし』まで逃げ延びた。頭上の切り通しから山風が吹き下りてくる。白煙が吹き戻されていった。

煙の中から人影が現われた。十兵衛はハッと身構えたが、それらは柳生の剣士と、風魔の生き残りであった。

「しっかりせよ」

腕を伸ばして引き上げてやる。腰の水筒の栓を抜いて目を洗ってやった。

「生き延びたのはこれだけか……」

剣士が二人と風魔が数名である。しかもそれぞれに手傷を負っている。

さらには。

坂の下から妖しい気配が迫ってきた。十兵衛の皮膚にザワザワと鳥肌が立つ。凄まじいまでの殺気であった。

「皆は逃げよ。ここは俺が斬り防ぐ！」

「しかし」

柳生の剣士はもとより、風魔たちも逡巡した。

十兵衛は彼らを叱り飛ばした。

「我らの使命は大納言様をお護りすることじゃ！　俺のことなどどうでもよい！　そのほうどものごとき手負いがおっては邪魔なのだ！　さあ行け！」

情よりも義務を重んじるのが武士であり、忍びである。

「ハッ！」

と一礼して、怪我を負った足を引きずりながら去っていった。

五

一人残された十兵衛は、座頭ころがしの岩場に立って、迫りくる殺気を待ち受けた。

やがて、白煙の中からノッソリと、黒い人影が姿を見せた。

「ほほう」

さしもの十兵衛も目を丸くする。その男は、カラスのような嘴《くちばし》を顔の真ん中に生やしていた。

「天狗様のお出ましか」

十兵衛は腰の刀をスラリと抜く。天狗は悠然と歩んできた。

「左様。我は鞍馬の天狗。蓮華堂《れんげどう》蓬火居士」

「ふうん。鞍馬社の神人か」

十兵衛は無造作に足を運ぶと、一足一刀の端境《はざかい》を踏み越え、

「イエエエエイッ!!」

唱歌とともに斬り込んだ。

鞍馬の天狗が抜き合わせる。ガッチリと斬り結んだ。

天狗は十兵衛の膂力《りょりょく》を支えかね、背後にピョンと飛んで逃れた。すかさず十兵衛は身を寄せて二の太刀を放った。

「むんっ！」

切っ先が天狗の額に届いた。パンッと乾いた音をたてて、天狗の額が割れた。

天狗はさらに大きく後ろに飛んだ。巨石の上に降り立つ。と同時に、二つに叩き割られた顔がパラリと落下した。

むろんのこと、割れて落ちたのは天狗の面である。

だが、十兵衛はまたも隻眼をひん剝いた。

天狗面の下には、仮面よりももっと不気味な異相が隠されていたのだ。満面が黒い。黒い顔料を塗っているのか、あるいは顔全体に入れ墨を彫っているのか、とにかく妖しい面相である。

「……あんた、ただモンじゃねえなァ」

十兵衛は、感心したような、呆れたような、嘲笑するような、顔つきをした。

口元を微妙に弛ませながらも、身構えはますます引き締まる。姿形が突飛《とっぴ》だからとて小馬鹿にできぬ相手だということは、一合二合、太刀を合わせただけで理解している。

天狗は刀を肩口に添え、切っ先をまっすぐに立てて構えた。八相の構えに近い。そして、ピョンと両足で高く飛び跳ねながら迫ってきた。

——天狗飛びか。

鞍馬流剣術に特有の足運びである。

鞍馬と言えば、僧正ヶ谷の『木の根道』が有名であるが、とにかく足場が悪い。道場剣術のような摺り足では、たちまち爪先をとられて蹴躓《けつまず》く。

天狗のように飛び跳ねながら斬りつけてくる特異な足運びは、野外での闘争を念頭に置いたものだ。十兵衛はかつて、山形において介者剣術の達者と立ち合ったが、そのときもガニ股の蛙飛びを目撃した。むろん、彼らに繋がりはないが、足場の悪い野外での戦いなら当然こうあるべきだ、という経験に則って、それぞれの地方で似たような発達を遂げた行歩であろう。

「キエエエイッ！」

蓬火居士が奇声を張り上げて斬りつけてきた。十兵衛は鐔《つば》でガツンと受け止めると、下肢を踏ん張って押し返した。

蓬火居士は真後ろに跳ねる。十兵衛の追い打ちを巧みにかわし、空中で一回転して飛び退いた。

――奇ッ怪な剣術だ！

なんともつかみどころがない。間合いが読めない。

十兵衛の額を汗が流れた。

鞍馬流は鞍馬神社の神人（下級神職）のあいだで発展した剣法である。

源義経が鞍馬の天狗に兵法を習った――という伝説は有名である。それが事実かどうかは別として、義経伝説が形成された頃にはすでに、鞍馬の剣術が高名であったことを窺わせる。『義経は鞍馬で兵法を習ったのだ』と言われれば、『ああ、なるほどね』と、世人を納得させられるだけの武名は轟かせていたのだろう。

余談だが、鞍馬神社・奥の院の本尊は宇宙人である。サナト・クラマという名の金星人なのだそうだ。

鞍馬の天狗が飛び跳ねながら迫ってきた。軽躁である。舞楽の俳優《わざおぎ》を連想させた。足元を確かめるように、その場でぴょんぴょんと跳ねていたと思ったら、

「ダッ！」

凄まじい勢いで飛び込んできた。

「うおっ！」

十兵衛は咄嗟に受けた。真っ正面から受けたので上半身がのけ反りかえった。

なんと、天狗は十兵衛の胸に足をかけて踏み越えた。十兵衛を飛び越え、背後の坂に降り立った。

——ぬうっ⁉

天狗の足には蹴爪でも生えているのであろうか。着物の胸元がザックリと切り裂か

れた。

「おのれ！」

怒りをこめて振り返れば、その瞬間、上り坂に陣した天狗がいきなり飛びかかってくる。坂の上からの逆落としだ。

十兵衛は身を小さく屈めて避け、すれ違いざまに斬り上げたが、すでに天狗は遠くに飛び去っていて、刀は虚しく空を切った。

その瞬間、十兵衛は咄嗟に身を翻した。視界の端を銀色の物体がかすめるのを感じたのだ。直後、肩口にグサリと何かが刺さった。

見れば鉄串が突き立っている。頭上を飛び越えながら天狗が投げつけてきたのだ。

蓬火居士はクルリと一回転して着地した。漆黒の顔を歪ませて笑った。

「首の急所を狙ったのだがな。よくぞ避けた。さすがは柳生の若殿だ。……だが、次はないぞ」

右手に剣を、左手に鉄串を構えてニヤリと黄色い歯を剝いた。

十兵衛は鉄串を引き抜いて投げ捨てた。太刀を顔の前で構えつつ、後ろにタジタジと後退した。足元にはこぶし大の石が無数に転がっている。草鞋で踏み損ねてグラリと重心をよろめかせてしまった。

踏み外した石が爪先に転がった。十兵衛は蹈鞴《たたら》を踏む。

その隙を突いて天狗が凄まじい勢いで駆けてきた。高々と跳躍し、ブワッと空中で一回転した。

十兵衛は爪先の丸い石を、思い切り蹴り上げた。

石は天狗の顔面にぶち当たった。

「ウゲッ！」

一瞬、天狗の体勢と気息が乱れた。瞬間、十兵衛の剣が斜めに斬り上げられた。

ズカンとしたたかな手応えが走った。

蓬火居士の身体が十兵衛の頭上を飛び越える。着地し損ない、頭から坂道に突っ込んだ。

十兵衛の目の前に天狗の足がボトリと落ちてくる。脛から輪切りにされて、真っ赤な血潮を引いていた。

「おお……！」

蓬火居士は片足で立ち上がった。左手に握った鉄串を投げつけようと身を転じた。

十兵衛は刀を肩に担いで駆け寄ると、

「ダアーーーッッ!!」

太刀を一閃し、天狗の肩口を深々と斬りたてた。

天狗の凄まじい絶叫が峠に響く。身をのけ反らせて痙攣し、手から鉄串をバラバラと落とした。

蓬火居士はドサリと土埃を上げて倒れた。刀傷から間欠的に血を噴いていたが、やがてそれもとまった。心臓が停止したのである。

十兵衛は肩で大きく息をついた。

「恐ろしい敵だ！」

御所忍び八部衆の名に相応しい強敵であった。

斬り落とした足に目を向ける。脛で斬ったはずなのに、その太さが太腿ほどもある。逞しい筋肉がみっしりと詰まっていた。この筋力で超人的な跳躍を生み出していたのであろう。まさに金星人の眷属《けんぞく》らしい異形異類であった。

路の真ん中に丸い石が転がっている。十兵衛が蹴り上げ、蓬火居士の顔面を直撃し、形勢の逆転を生んだ石である。

良く見れば野仏の頭部であった。素朴な顔が彫られていた。

座頭ころがしの坂の途中に、首のない地蔵が転がっていた。

十兵衛は地蔵を起こすと、頭をそっと載せた。

「どなたかは存ぜぬが、ご助勢かたじけない」

行き倒れの亡魂に救われたようである。家光が救い小屋を建てると誓ったことへの返礼であろうか。

「ムッ……」

坂の下から、またしても白煙が上ってきた。御所忍びの集団の迫りくる気配を感じた。

蓬火居士の一騎打ちを見守っていた忍び衆が襲撃を再開したのであろう。

十兵衛は坂の上へ走った。

五

そのころ家光一行は、碓氷峠の最後の急坂、中山坂の手前に差しかかっていた。

子持山という山が右手に聳えている。坂の手前には茶屋が置かれて一時の休憩所を提供していた。

駕籠之者たちも疲労困憊だ。家光もヘトヘトと倒れ込んだ。

茶屋から老婆が顔を出した。人のよさそうな笑みを浮かべている。

「おやまあ。ずいぶんとお急ぎの旅人が来ただなァ。まあ、一息ついていきなされ」

力餅を盆に載せてやってくる。餡で餅を包んだ碓氷峠の名物である。

そのとき、キリは、スッと立ち位置を変えてお鈴の前に移動した。お鈴が誰かに何かの合図を送ろうとしても、見て取れないように邪魔する位置だ。

老婆は、駕籠の主が一行の主人だと見て取り、歩み寄ってきた。駕籠には簾がかかっていた。

その簾を酒井忠利が内側から捲りあげた。

「それどころではない！　下がれ！」

酒井の顔を見た老婆が一瞬、顔色を変えた。

それを見た鳶澤甚内は、

「慮外者！」

丸く肥えた腰から刀を抜いて、抜き打ちに斬りつけた。

「ギャッ！」

老婆が悲鳴をあげて倒れる。酒井が瞠目し、「何をする!?」と叫んだ。

「曲者でござる。ご覧あれ！」

老婆が手にした盆の下には短刀が隠されていた。餅を捧げて接近してきて、いきなり突き刺す魂胆だったのであろう。

「大納言様がお駕籠を召しておられると考えていたのでござろう」

しかし、駕籠の中には老人がいた。ゆえに老婆は顔色を変えた。

本物の茶店の老女なら、駕籠の中身が老人であっても動揺することはないはずだ。老人が駕籠を使うのはむしろ当然だからである。

——大納言様がお駕籠に乗っていたら、お命が危うかったかもしれん。

家光の運の強さだと甚内は思った。あるいは、ここまで歩き通した根性を神様が嘉《よみ》してくれたのか。

などと感心している場合ではない。

峠の茶店が乗っ取られていた、ということは、御所忍びが峠をすでに占領している、ということを意味している。

切り通しの雑木林がザワッと揺れた。一斉に姿を見せた御所忍びたちが駆け下りてきた。

「ひいいいいいい!!」

お福が駕籠から転がり出てくる。家光と抱き合って身を震わせた。

坂の上からの襲撃を指揮していたのは、鼓童子と呼ばれる忍びであった。

御所忍び八部衆の一人で、太鼓のような寸胴《ずんどう》の体格をしていた。丸い童顔のザンバラ髪。中年に差しかかった金太郎のような風貌である。多血症なのだろう、満面を朱色に染めていた。

宮廷に仕える下人の中には、なにゆえか、生涯童形のままで過ごす者たちがいた。死ぬまで子供の髪形をして、子供じみた服を着る異形の職能集団である。

平清盛が、彼らを秘密警察として活用したことはよく知られている。派手な絵柄の子供服に緋色の袴。幼稚な装束に身を包んだ男たちが、おかっぱ頭の下から鋭く目を光らせて、京の公家や町人たちを監視していたのだ。想像するだに不気味な光景である。

鼓童子の出自も、御所に仕える下人の一族であったのだろう。

「かかれや、者ども！」

忍びとは思えぬ大音声で号令すると、腰に下げた鼓をポンと打った。

切り通しの斜面を御所忍びたちが走る。忍び特有の直刀を抜いて駕籠の集団に突進した。

鳶澤甚内は駕籠周りの風魔一族を呼び集めて陣形を組んだ。

駕籠を担いでいた者たちも駕籠を下ろして刀を抜く。駕籠之者は将軍一家の乗物を担ぐことを専門にしている御家人で、三十俵二人扶持を給されている。駕籠を担ぐという役目柄、長身で足腰の強い者が選ばれていた。暗殺事件など起こった際には将軍を護る最後の楯ともなる。ゆえに武芸達者の強者揃いだ。

駕籠之者は本来、目付の配下だが、ここは酒井忠利が指揮を執った。

「大納言様はお任せいたします」

鳶澤甚内は酒井に言い残すと、風魔忍軍を引き連れて前進した。

たちまちのうちに凄まじい闘争が開始される。半弓から放たれた毒矢が宙を行き交い、棒手裏剣と十字手裏剣が空中でかち合って火花を散らした。

太い木々を楯に使い、幹から幹へと飛び移りながら戦う。樹皮に何本もの手裏剣が突き刺さる。時折ドサッと、枝から死体が落ちてきた。

それでも。

やはり、坂の上から攻撃してくる御所忍びのほうが圧倒的に優勢であった。数で勝り、さらに体力でも勝っている。駕籠を守って峠を登ってきた風魔たちは、いかに忍びの者といえども疲労していた。

胸に手裏剣を受けた風魔が倒れ落ちてくる。

「くそっ……！」

鳶澤甚内は顔を歪めて舌打ちした。


その頃、化野暁雲斎は辛子の白煙に紛れながら『座頭ころがし』を登っていた。目と口を煙除けの覆面で覆っている。

行く手から喧騒が聞こえてきた。

「鼓童子と岩魚麿の斬り込みが始まったようやな……」

家光一行を挟み打ちにした。ここは狭い切り通しの一本道。左右は山と谷だ。逃げ場はない。

「御蓋坊の策は大当たりや」

もはや家光は討ち取ったも同然である。

「ついでに、柳生の若大将の首も落としたろ」

蓬火居士とは特に親しかったわけでもないが、やはり、八部衆の一人を倒した男をそのままにしておくわけにはいかない。同じ八部衆の矜持《きょうじ》に賭けて始末せねばならなかった。

手にした竹筒の先からは威勢よく白煙が噴き上がっている。今度こそ十兵衛の目を潰し、息を詰まらせてやらねばならない。

背後には配下の下忍が数名ついてくる。刎石の覗きで多数が討たれてしまったが、今度はその仕返しだ。下忍たちも勢い込んで歩を進めていた。

そのとき——。

突然に風が吹きつけてきて、白煙を一斉に吹き払った。暁雲斎の姿が露わになる。陽差しの下では、覆面で顔を覆った姿はあまりにも滑稽であった。

暁雲斎は俄《にわか》に混乱した。

——この時間、この天候なら、風は谷から吹き上がるはずや……。急に風向きが変わることなどありえへん……。

と、思った瞬間、
ヒュッと風切り音がして、何かが飛来してきた。

「あっ！」

手にした竹筒に手裏剣が突き刺さる。竹筒はパカッと割れて飛散した。

「誰や!?」

暁雲斎と下忍たちは周囲の木立に目を向けた。キョロキョロと首を振って見回したが、人の気配はない。

つづけざまに、手裏剣が飛んできた。暁雲斎は咄嗟に身を伏せた。

手裏剣は暁雲斎の右手にいた下忍の竹筒を砕いた。と同時にもう一本の手裏剣が下忍の喉に突き刺さる。

「ウゲッ！」

下忍は派手に身悶えしながら倒れた。

——あかん！

相手は木立に隠れている。一方、こちらの姿は丸見えだ。

暁雲際は懐に手を入れ、煙幕玉を掴み取ると地面に叩きつけた。ボンッと白煙が爆発的に広がった。

だが。

またも吹きつけてきた突風が煙幕を完全に払ってしまった。

暁雲斎は煙や霞を能《よ》く使う。しかし、風の動きを読むことに関しては、相手のほうが格段に勝っているようだ。

「どこや！　出てこい！」

暁雲斎は叫んだ。すると即座に、返答代わりの手裏剣が来た。下忍の一人がまたしても倒された。

暁雲斎は覆面を剝ぎ取った。覆面越しでは相手の姿も定かに見えない。こっちが不利になるばかりだ。

のっぺりとした恵比須顔をさらけ出す。始終微笑んでいるような細い目に鋭い殺気を漲らせ、四方の木立を睨みつけた。

——そこや!

暁雲際は身を躍らせて、草むらに飛び込んだ。

「てやあっ!」

忍刀を一閃させる。低い潅木ごと、敵の気配を斬りつけた。

ガチンと、刃物の打ちつけあう手応えが走った。同時に、謎の影は木立を脱して飛び上がった。

濃い緑色の忍び装束に身を包んだ小柄な男だ。高々と飛んで、太い杉の幹にペタリと貼りつく。

暁雲斎は追い打ちをかけた。幹ごと断ち切るつもりで打ち込んだ。緑の忍びはムササビのように飛んで逃れた。

飛び退きながら手裏剣を打ってくる。そのうちの一本が暁雲斎の肩口をかすめた。

暁雲斎も木立に飛び込む。淮木の根元をトカゲのように這って移動し、気息を断った。

相手の位置もわからぬが、こちらの位置も晦《くら》ませたはずだ。膠着戦である。暁雲斎は聴覚に意識を集中させた。

ところが。

耳障りな音をたてて数名の者どもが走り回っている。御所忍びの下忍たちだった。

暁雲斎は内心で舌打ちをした。配下の者どもが不用意に動き回っているせいで、敵の忍びの気配が伝わってこない。

——静かにせんか！

と、叱り飛ばしたくとも、声をあげればこちらの居場所が知れてしまう。暁雲斎はジリジリと焦燥した。

次第に、下忍たちのざわめきも静まってきた。暁雲斎は繁みを抜けて峠道に戻った。

そして、「ゲッ！」と目を丸くさせた。

下忍たちが伏し倒れている。

殺されたわけではない。胸や背中が規則正しく上下している。だらしのない姿でとっぷりと熟睡しているのだ。

「ややっ⁉」

道端に手裏剣が何本も刺さっていた。火縄のようなものが巻いてあって、白い煙を立ちのぼらせていた。

「眠り薬か！」

暁雲斎は口元を押さえて後退した。よりにもよって、煙を使った術で攻めてくるとは。これは明らかな挑発であろう。

林の枝から緑色の忍びが下りてきた。暁雲斎は横っ飛びに手裏剣を投げつける。が、残らず叩き落とされた。

緑の忍びは切り通しの大岩の上に下り立った。

暁雲斎は誰何した。

「何者だ！」

「シキ」

緑の忍びが即座に答える。

「風鬼と呼ばれておる」

暁雲斎は煙玉を投げつける。十兵衛一行を苦しめた目潰しだ。

風鬼の立つ大岩が白煙に包まれた。だが、直後に突風が吹いてきて、すべての煙が吹き払われた。

「無駄よ。風を読むことにかけては、我に勝る者はおらぬわ」

風が吹いてくることを先読みしたうえで、風上の大岩に下り立ったのだ。暁雲斎の攻撃は当然に無効化されてしまった。

「なんのっ！」

ひときわ大きな煙玉を炸裂させた。暁雲斎の全身が白煙に包まれた。

「逃がさぬ」

風鬼の姿が岩の上からフッと消えた。

ザザザザッ、と、旋風《つむじかぜ》のような音が雑木林で響きわたった。一つは麓をめざしてひた走り、もう一つはそれを執拗に追尾していく。

やがて、凄まじい絶叫が谷底から聞こえてきた。暁雲斎の断末魔であった。

中山坂では、家光一行を巡って一進一退の攻防が繰り広げられていた。

「大納言様を茶店に！」

酒井忠利が下知する。駕籠之者たちに囲まれながら家光とお福が茶店に逃げ込もうとした。お鈴も必死にあとを追う。

が、その茶店の中からも御所忍びが飛び出してきた。駕籠之者が必死に迎え撃ち、押し返す。家光とお福は悲鳴をあげながら逃げまどった。置き捨てられた駕籠の背後に身を隠し、頭を抱えて這いつくばった。

「きゃあ!」

逃げ遅れたお鈴が茶店の前で棒立ちになっている。恐怖に身が竦んで、逃げも隠れもできない様子だ。

「鈴!」

家光が立ち上がった。腰の刀に手を伸ばす。

そのとき、家光の前にキリが割って入った。家光めがけて投げつけられた手裏剣を市女笠で払い落とした。

「身を低く!」

家光の襟首を摑むと、思い切り地面に押しつける。

「ぶっ!」

家光の頰が土にまみれた。キリにしかなしえぬ無遠慮さだ。

そこへ忍びが飛びかかってきた。キリは杖を突き出し、一撃でその顎を砕いた。

「おお、さすがは但馬の娘じゃ！」

感心して首を伸ばした家光は、またしても力いっぱい、地面に押しつけられた。

家光の頭上スレスレを手裏剣が飛び抜けていく。

坂の下から柳生と風魔の生き残りが追いついてきた。蓬火居士配下の者どもとの戦いで傷を負っていたが、痛む身体ものともせずに闘争に参加する。

さらには十兵衛も走ってきた。

「おお！　十兵衛！」

家光が歓喜に打ち震えながら手を振った。

そこへ御所忍びが斬りつけてきた。家光は慌てて頭を引っ込めた。忍びが振り下ろした刃が駕籠の長柄に食い込んだ。

「若君ッ！」

十兵衛が小柄を引き抜いて投げつける。御所忍びの目玉に突き刺さった。

一足飛びに身を寄せた十兵衛が、気合もろとも斬りつける。御所忍びは肩口から袈裟斬りにされて吹っ飛んだ。

「来たか十兵衛！　待っておったぞ！」

早くも家光は安心しきった様子であるが、十兵衛の目には戦況の不利がよく見えた。このままでは押し包まれて全員討ち取られる。

峠の上からは、ポーン、ポーンと、悠長な鼓の音が聞こえてくる。顔面を真っ赤に染めた肥満漢が得意気に小鼓を打ち鳴らしていた。

「……あの野郎が首領か」

鼓の拍子で下忍どもを指揮している。首魁を倒せば下忍の陣形に乱れが生じ、それに乗じて切り抜けることもできようが、下忍たちを斬り伏せながら坂を上るのは難しい。

十兵衛は苦々しげに顔をしかめた。

「ところで……、あいつは何をやっているんだ……？」

澄ましかえった小ヅラ憎い白面郎を脳裏に思い浮かべた。いつもいつも、余計な場面で顔を出すくせに、肝心のときにはいない。

六

その信十郎は――、碓氷峠の頂上にいた。

「始まっておるようやな」

鬼蜘蛛が小手をかざして眼下を覗き、呑気そうな声をあげた。

「はよう、助けてやらんと、若君様が討ち取られてまうで」

信十郎は首を横に振った。

「まだ、あと小半時はもつであろう」

鬼蜘蛛以上に呑気な言葉を口にすると、肩越しに振り返った。

「下忍どもはお任せいたす」

「心得た」

と、答えながら、藍色の忍び装束の男が姿を見せて、片手をサッと上げた。

ザワッと背後の草むらが揺れた。黒衣の忍びが数十名、一斉に姿を現わした。

徳川の誇る忍軍である。

碓氷峠での挟み討ちを知った柳生宗矩が寄越した援軍であった。

藍色の忍びが腕を振り下ろす。黒衣の忍びたちが一斉に走りだし、峠の嶺を乗り越えて、御所忍びたちに襲いかかった。

「叫べ！　我らが来たことを知らせるのじゃ！」

忍びたちは一斉に雄叫《おたけ》びをあげた。忍びは通常、声を出さずに戦う。しかし今は家光たちに援軍の到着を知らせ、かつ、御所忍びたちを動揺させる必要があった。

「おおっ⁉」

十兵衛と家光が顔を上げた。中山坂を駆け下りてくる忍びの集団が見えた。

「十兵衛！　あれは、敵か！　味方か⁉」

十兵衛は、敵の首領の鼓の音がやんだことに気づいた。

予期せぬ忍軍の出現に、御所忍びの頭目はおろか、下忍の端々までもが動揺している。

「お味方でござろう！」

家光に答え、さらに駕籠之者たちに命じた。

「勝鬨《かちどき》をあげよ！」

駕籠之者たちが「鋭、鋭、応！」と唱和した。酒井忠利が急に元気づいて音頭を取る。

形勢が逆転すれば、今まで逃げ腰だった者までもが闘志を取り戻す。駕籠之者と風魔は、御所忍びたちを坂の上に追い上げはじめた。

「福、大事ないか！」

家光は斉藤福を探した。福は駕籠にしがみついて息を喘《あえ》がせている。特に怪我をした様子もない。

次に家光は、

「鈴！」

と叫んだ。

鈴は茶店の前で倒れていた。家光は駆け寄って腕を伸ばし、抱き起こした。

鈴が力なく目を開けた。

「おお！　無事であったか！」

家光は無邪気に喜んでいる。

その肩越しにキリが立っている。もしここで鈴が家光に何かをしようと試みるものなら、即座に斬って捨てるつもりであった。

あのとき、鈴はわざと茶店の前に残り、家光の気を引くような悲鳴をあげたのではなかったか。

狙いどおりに家光は駕籠の陰から身体を起こした。そして即座に手裏剣を投げつけられた。

キリが割って入らなければ、家光は死んでいただろう。

「よかった、無事でよかった」

家光は鈴の手を握りしめ、我がことのように喜んでいる。鈴は口元にほんのりと微笑を浮かべて家光を見つめ返していた。


信十郎は山の斜面を風のように走った。鼓童子が足音に気づいて振り返った。

太い眉の下でギョロリと目玉を剥いている。への字に結んだ唇から長い犬歯を伸ばしていた。醜悪な面相だ。

信十郎は腰をひねり、金剛盛高二尺六寸を抜き放った。

「タアッ！」

林崎神明無想流居合術。神速の抜き打ちが鼓童子を襲う。

「おっと！」

しかしさすがは八部衆だ。太い身体を翻して避けた。

信十郎は峰を反《かえ》して、二の太刀を振り下ろした。鼓童子は毬のように身体を丸め、転がりながら逃げていく。二度三度前転したと思ったら、手足をひょいと伸ばして走りだした。

「待てッ！」

信十郎はあとを追う。

鼓童子は子持山の山腹をぐるりと巡って碓氷峠の裏手に出た。渓流が水音を響かせている。大きな滝が流れ落ちていた。

鼓童子は渓流の、苔むした岩の上に立った。

「やい、岩魚麿！」

小さな滝壺に向かって声をかける。

すると、青紫色にふやけきった水死体がプカーッと浮かび上がってきた。

その水死体（に見えた者）が口を開いた。長時間水に漬かっていただけで、命に別状はないようだ。

「どうした。逃げてきたのか」

鼓童子は太い眉毛を上下させ、どんぐり眼を泳がせながら答えた。

「襲撃は失敗や。どえらく強いやつに追われとる」

「ほう。お主が怯えるほどの強者か。さすがに徳川やな。手練を揃えとる」

徳川に鞍替えして正解だった――と思ったのだろう、岩魚麿の表情が意味ありげに緩んだのだが、ふやけきった皮膚では判別が難しかった。

「感心しとる場合やない。この滝壺に引き寄せるからな。お主、得意の突きん棒で水の中から突いてんか」

「心得た」

岩魚麿は滝壺の闇の中に沈んでいった。

鼓童子は大岩の上で待った。やがて、信十郎が追いついてきた。

「来おったな！　ここで勝負つけたるわい！」

鼓童子が腰の鼓をポンッと鳴らす。それから、短めの刀を引き抜いた。

信十郎は岩を伝って鼓童子に迫った。

鼓童子は薄笑いを浮かべながら待ち構えている。鼓童子の正面に、ちょうど、足場にしやすそうな大岩が横たわっていた。

信十郎はふと、足をとめた。その岩があまりにもこれ見よがしで、なにやら違和感を感じたのだ。

「どうした!?　来い！」

鼓童子が肥満した胸板を晒し、挑発的に打ち鳴らした。と、そのとき。

水中から突き出されてきた突きん棒が、鼓童子の下腹部をドスッと貫いた。

「ウゲッ！」

鼓童子は自分の腹に目を落とし、あんぐりと大きく口を開いた。

「ド阿呆！　ま、間違えとるがな……」

「間違えてなどおらん」

水中から声が聞こえ、青白い腕が伸びてきた。鼓童子を深い淵に引きずり込む。

バッシャーンと、凄まじい水飛沫を上げて、肥った身体が転落した。

ふやけた腕に握られた短刀が鼓童子の咽首を切り裂いた。鼓童子はゴボッと気泡と血を吐いた。

カッと目を見開いたままの鼓童子が、プカッと水面に浮かんだ。すでに絶命している。そのまま川下に流れていった。

信十郎は、何が起こったのかさっぱりわからず、それでも水際にいる不利を悟って飛び退いた。

つづいて水中から顔の半分だけが浮かび上がってきた。ドロドロの水草のようなザンバラ髪がたなびいている。どう見ても、水死体そのものの形相だ。

信十郎が腰の刀に手を伸ばすと、

「慌てるな。わしは徳川の味方や」

水死体が口を利いた。

岩魚麿は水面から口を出して、ピューッと長く水を吐いた。そしてニヤリと不気味な笑みを浮かべた。

「家光様を襲った御所忍びは全滅か」

信十郎は、「たぶんな」と、頷いた。

「ふん。時流に逆らう馬鹿どもや。しゃあない。……わしのように、流れに身を任せておれば間違いなかったのになあ」

岩魚麿の身体は、たしかに、渓流の流れに乗って揺らめいている。

「しかしな、あんたさんも、しくじったかもしれんで」

「何がだ」

岩魚麿はチャプンと水中に潜った。その水中から声だけが聞こえてきた。

「……秀忠様の護衛の忍びを援軍に連れてきよったやろ？　ここでのド派手な戦いは陽動や。手薄になった秀忠様を、別の御所忍びが襲う算段やで」

「なんだと!?」

信十郎は詳しく聞き出そうとして、水中の忍びを呼んだ。だが、それきり気配が絶えてしまい、渓流のせせらぎ以外は、まったくなんの音も聞こえてこなかった。

第五章　尾張名古屋

一

信十郎は家光一行を置き去りにすると、中山道を西へ走り、さらには天竜川を使って南下した。

天竜川では杣人《そまびと》が丸太を筏《いかだ》に組んで流していた。この時代は一種の建築ラッシュであり、日本じゅうで建材が求められていた。筏は列を作って川下の遠江へ、すなわち東海道へと流れていく。

天竜川は名うての暴れ川だ。杣人が語るには、一日で河口まで着くという。

その代わり凄まじい激流の中を、右に左に振り回されつつ、筏にしがみついていなければならない。

筏は切り立った崖の合間を縫って、川底から突き出した大岩を避けながら下りつづける。杣人は丸太の上に立ち、命綱もつけず、見事な棹使いで筏を操った。

しかし信十郎たちはそうはいかない。

筏がグウンッと迫《せ》り上がった。つづいてドオンッと落下する。ザバアッと巻き上がった水飛沫が激しく押し寄せてきた。

「ひええええッッ!!　お助け〜」

全身ずぶ濡れになった鬼蜘蛛が悲鳴をあげている。

信十郎も振り落とされないようにするので精一杯だ。片手で塗笠をかざして飛沫を避けつつ、もう一方の手で丸太を繋ぐ縄を握りしめていた。

――急がねばならない。

あの溺死体のような男が語ったことが事実であるとするならば、秀忠一行はまんまと罠にはまったことになる。

秀忠を護る忍び衆は、家光を援護するために引き抜かれた。秀忠は無防備な状態に置かれている。

むろん、二十万からの軍勢を率いてはいる。しかし、それらは武士であり、忍びの攻撃に対処できるとは限らない。

護衛の数が多すぎる、ということが、逆に問題であった。互いの顔も見知らぬ各大名家の雑兵どもが、無秩序にワラワラと屯《たむろ》しているのだ。この状況は、かえって忍びの奇襲に有利に働いてしまうだろう。

筏が小さな滝を下り落ちた。鬼蜘蛛がまたも悲鳴をあげる。杣人の親爺が欠けた前歯を剥き出しにして笑った。

二

同じ頃。秀忠の一行は見附宿まで到達していた。天竜川の河口にある宿場町だ。

ここで秀忠の行列は、俄に立ち往生してしまった。天竜川に架けた船橋が夏季の増水で流されてしまったのである。

この宿場には、家康が釣鐘を寄進したという名刹、宣光寺《せんこうじ》がある。秀忠はそこに本陣を布いて、船橋の修築を待った。

警護の番衆（徳川軍）たちは宿場一帯に広がり、それぞれの部署で昼夜の区別のない警戒に当たっている。

柳生宗矩は天竜川を見下ろす百姓家に陣を置いている。船橋の修築を監督する一方で、付近一帯に柳生の者や忍び衆を配して、曲者の接近に備えていた。

月がぼんやりと空にかかっている。薄雲に包まれているようだ。

――天候が崩れるのかもしれん……。

影の道中奉行である宗矩を悩ませることばかりだ。

天竜川が波の渦を巻いている。名うての暴れ川だが、その勇名を遺憾なく発揮させていた。

東海道で川といったら大井川。歴史教科書では『江戸防衛のために橋を架けることが許されなかった』ということにされているのだが、防衛構想も何もあったものではない。この時代の架橋技術では、大河に橋を架けること自体が不可能なのだ。

大井川に限らない。天竜川にも普段は橋など架かってはいない。さらに西に進むと木曽川と揖斐川（長良川）があるが、これにも橋が架かっていないので、宮ノ宿（熱田）から桑名宿までの東海道は船旅である。

仮設の船橋は、岸から岸まで川底に杭を延々と打ち込み、鉄の鎖で繋いで、舟を何十艘も繋留し、その上に板を敷いて造る。

河口近くの川底は砂地である。どれだけ深く杭を打ちつけようとも、完全に固定することは難しい。

これこそが日本の川が抱える最大の問題で、清流なら川底は砂地、濁流なら汚泥がたまっている。

自然が相手であるから、徳川家の威光も通じない。水流が減って川が穏やかになってくれるようにと、天に祈るばかりだ。


翌日、船橋が完成したとの知らせがきた。秀忠一行は、早速とばかりに腰を上げた。

船橋の上流を大名家の家臣たちが列を作って渡っていく。彼らが一時に大量に渡河することによって一種のダムを形成する。人間の身体で川の流れを塞き止めて、船橋にかかる水量を減らすのだ。

色とりどりの軍装に身を飾った軍勢が一斉に川を渡りはじめた。壮観である。どれほどの名工の手による合戦図でも、この迫力は描けまい――と思わせるほどであった。秀忠は馬上、堤の上に立ち、勇壮な光景に目を奪われていたが、道中奉行に促され川岸へ下りた。

水量が計画どおりに減っていく。船橋が下がって、やがて船底を川底につけた。これであれば、絶対に転覆も水没もしない。

秀忠は大事を取って馬を下りた。

ところで。家康は馬術の達人であったが、危険な場所では馬から下りて歩く、という用心深さがあったそうだ。

並の武将がやれば、『あいつは臆病だ』の一言だが、家康だと、『この用心深さがあったからこそ、家康公は天下が取れたのです』という訓話になる。

子孫にとってはありがたい話で『家康公に倣って』といえば、臆病も正当化することができるのだ。

そんな次第で秀忠は馬を下りた。川岸の砂地の上には乗物が用意されていた。

秀忠は駕籠の中の人となった。

乗物は駕籠之者に担がれて、ゆっくりと橋を渡りはじめた。


船橋の上流を譜代大名の兵たちが渡っていく。

足元は細かな砂で、踏むたびに頼りなく足裏が沈む。水流に押し流されないように川底を踏みしめるのだが、足の指のあいだから砂が抜けていくようで、実に頼りない。

それでも一行は、ワッセワッセと威勢もよく、大河を徒《かち》で押し渡った。

一旦、中州に上陸する。押し渡ってきた流れは上流で分岐した支流にすぎない。それほどまでに大きな河川敷なのだ。目の前には白く乾いた砂地が広がっていた。

一行は秀忠の乗物に先行し、次の流れへ飛び込んだ。

いよいよ天竜川の本流である。流れも深さも先の流れとは比べものにならない。

「前の者の肩を摑め！」

組頭が下知する。雑兵たちは互いに互いを庇いあいながら進んでいく。

下流の中州では秀忠の乗物が船橋の手前で待機していた。水が引くのを待っているのだ。

上流を雑兵たちが渡るにつれて、ゆっくりと水嵩《かさ》が引いていく。

だが、暴れ川で有名な天竜川の本流だ。水が引くにも限度がある。

これ以上、水嵩は減るまいと判断した道中奉行が、サッと采配を振り上げた。小姓番たちが先行し、つづいて秀忠の乗物が渡りはじめた。

適当に水が流れていたほうが、かえって舟は安定するらしく、思ったほどには揺れない。水の抵抗で舳先が上流をしっかり向いているのがいいようだ。

秀忠の乗物はゆるゆると川の中ほどに差しかかった。

上流では雑兵たちが四苦八苦しながら進んでいた。水嵩は胸乳のあたりまで上がっていた。浮力で身体が浮き上がってしまい、川底を踏みしめることが満足にできない。川の中を歩いているのか、それとも立ち泳ぎで泳いでいるのか、よくわからない状態になっている。

上流からは容赦なく大波が押し寄せてくる。胸まで川に漬かっているので視点が低い。やけに大きな波頭に見えた。

と、そのとき。一人の雑兵が川上を指差して叫んだ。

「亀じゃ！」

何をたわけたことを、と、周囲の兵たちは薄笑いを漏らした。

亀など珍しいものか。江戸や大坂などの都市部でも、亀や川獺《かわうそ》が棲んでいた時代である。亀がいたからといって、驚いたり喜んだりするほどのことではない。

しかし。

「おおっ！　亀じゃ！」

別の男が叫んだ。

さすがに変だと感じたのか、雑兵たちは、皆、川上に目を向けた。

そして、「亀じゃ！」「亀じゃ！」と大騒ぎになった。

川上から巨大な亀の甲羅が泳ぎ寄ってくる。差し渡し五尺（約一・五メートル）はありそうだ。

途轍もない大亀である。それが何匹も、群れを成して押し寄せてきた。

将軍上洛の途上である。亀は霊獣であり吉兆であるから、めでたい話ではあるのだが、しかし、川を渡っている途中で大亀の群れに襲われてはたまらない。

「ええい、来るな！　来るな！」

雑兵たちは口々に叫び、水を掻いて追い払おうとした。

だが、亀たちはまっすぐに突進してくる。明らかな、敵意の気配を漂わせていた。


ときならぬ喧騒は下流を渡河する秀忠一行の耳にまで届いた。

宗矩は陣笠を片手でちょいと上げ、鳶色の双眸を険しく細めさせた。

――何事か。

徒渡りの雑兵どもの行列が乱れている。

宗矩は駕籠之者たちに目を転じた。

「急がれよ！」

しかし、道中奉行が制した。

「お駕籠で船橋の上を走るのは禁物でござる」

たしかに、何人もで走ったら舟の揺れは振り子のように大きくなる。駕籠など簡単に覆《くつがえ》ってしまうだろう。

駕籠ごと川に落下したら、助け出すのも容易ではない。

「できるかぎり急がれよ」

「申すまでもなく」

道中奉行も異常事態に気づいている。上流の騒ぎはますます激しくなっていた。

亀の甲羅は、ついに雑兵の行列に激突した。

「ぐわっ!」

雑兵がのけ反る。甲羅の縁には短刀のように尖った刺が生えていた。亀自体の重さもかなりのものだ。それが暴れ川の流れに乗って勢いよく突進してきたのだ。

あちこちで悲鳴と絶叫が連続した。亀どもは容赦なく行列を襲い、雑兵どもを押し倒し、行列を寸断した。

「しまった!」

組頭が叫ぶ。人間の堤防が決壊し、遮るものをなくした激流が、下流の船橋へ押し寄せていったのだ。

「おおっ!?」

宗矩が呻いた。船橋が大きく揺れて、さしもの剣豪でさえ、足元を取られてしまった。

「お駕籠を！　お護りせよ！」

と叫んだ声も、怒涛の轟音にかき消される。足元の橋が不気味な音をたてて軋んだ。

そこへ大亀が勢いよく突っ込んできた。何十艘も並んだ舟の舳先に激突する。あるいは、舟を繋ぐ杭に体当たりして、太い柱をへし折った。

船橋全体が不気味な音を響かせた。なにやら、巨獣の断末魔のようにも聞こえた。

「橋が折れるぞォ!!」

誰かが叫んだ。

船橋の真ん中が、みるみるうちに、くの字に曲がっていく。

次々と亀の甲羅に叩きつけられ、ついに最初の杭が抜けた。繋いであった舟が一気に下流に押し流される。支えているのは鉄の鎖だけだ。

その鎖で引っ張られ、隣の杭まで引き抜かれた。隣の舟が大きく傾き、流される。

橋の上にいた小姓番士がもんどりを打ちながら川中に転落した。

もはや船橋を支えることは誰にもできない。上流からの激流と、大亀の体当たりが連続する。次から次へと杭が抜けた。最後に、凄まじい金属音を鳴り響かせながら、鉄の鎖が千切れ飛んだ。

「上様ッ！」

宗矩は橋の上を駆けた。秀忠の乗物に向かって走る。

しかし、その目の前で橋が千切れた。川舟が大きくうねりながら流されていく。

なおも宗矩は諦めきれずに跳躍しようと試みた。流されていく舟を足場にして、千切れた橋まで飛び移ろうとした。

しかし、

「おやめくだされ！」

と、番士の一人に抱きとめられた。

「ええい、放せッ！」

宗矩は番士を振り払った。が、そのとき、目の前で足場にしようとしていた舟が転覆した。もしこのとき押しとどめられていなかったら、宗矩の生涯はここで終わっていたであろう。

秀忠を載せた船橋は、どんどんと下流へ流れていく。向こう岸側の鎖も切れて、今や駕籠を載せたまま、川面に漂うだけの存在となっていた。

切れた船橋の長さは十間（一八メートル）ほどありそうだ。今のところ、土台の舟は鎖でしっかりと、何艘も繋がっている。自然の流れに乗ったせいか、かえって安定したように見える。蛇のようにくねりながら下流に流されていくが、今すぐ沈む心配もなさそうであった。

「舟だ！　舟を漕ぎ寄せてお助けせよ！」

そう叫んだ宗矩の目の前で、怒涛の渦巻く川面から、ザバッと大亀が浮上してきた。

真っ黒な甲羅が水を弾いて光っている。さすがの宗矩も呆然として目を見開いた。

その甲羅がズルリと剝けた。背中と腹とを繋ぐ脇腹のところから二つに割れる。

「なんと！」

宗矩は腰の刀に手を伸ばした。大亀の甲羅の中から、黒装束の忍びがヌウッと這い出してきたのだ。

「おのれ！　御所忍びどもの襲撃であったかッ！」

忍びが橋板の上に飛び移る。背中の刀をスラリと抜いた。

だが、いかに御所忍びとはいえ、柳生宗矩に剣を向けたのは不覚であった。次の瞬間には深々と袈裟斬りにされ、血飛沫を上げながら川中に叩き落とされた。

「ぬうんっ!」

血刀をかざし、宗矩は大亀の大群を睨みつける。

あの亀どもは本物の亀などではない。御所忍びが水中を移動するのに使う、一種の小型潜水艇なのだ。

亀たちは秀忠の乗物を乗せた船橋へと殺到していく。宗矩は腕をこまねいて眺めていることしかできない。

亀どもが船橋に取りついた。甲羅を脱いで這い上がる。たちまちのうちに戦闘に突入する。番士の一人が斬りたてられて落ちていった。

御所忍び八部衆の一人、東山猿剣《ひがしやまえんき》入道は、亀の甲羅を脱ぎ捨てて船橋に飛び移った。

テラテラと輝く禿頭に胸まで垂れた白髭。齢も定かならぬ老人だが、身のこなしだけは異様に若々しい。片手には杖など握っているが、その杖も老身を支えるためではなく、秀忠の近臣たちを殴り倒すために打ち振られていた。

普段の秀忠は万余の大軍で護られている。常識で考えれば、少数の忍者が襲撃したところで、暗殺するのは不可能だ。

しかし、渡河の最中は別であった。駕籠を護る人数も十数人に限定される。猿剣入道はこの好機を見逃さず、周到に目算を立てて襲いかかったのだ。秀忠の駕籠回りは、当然、旗本でも指折りの豪傑たちで固められていた。しかし、船橋は波に揉まれるがままに揺れている。足元の定まらぬ場所では一騎当千の強者たちも本領を発揮できない。

膝や脛を打ち払われて、真っ逆さまに川面に叩き落とされていく。猿剣入道は得意の杖術を縦横に振るい、秀忠の乗る駕籠に突進した。

もはや絶体絶命である。番士たちは次々と殴り倒された。ドボーン、ドボーン、と川面に大きな水柱が立ちつづけた。

「ぬううううッ！」

宗矩はキリキリと歯を嚙み鳴らした。

船橋に移ることさえできれば、宗矩とて天下に知られた剣豪、御所忍びなどに後《おく》れをとることはない。

しかし、切り離された船橋は遠ざかっていくばかり、河口に流されていくのを虚しく見送ることしかできない。

と、そのとき。

ズダーン！　と、鉄砲を撃ち放つ音がした。

同時に御所忍びの下忍どもが何人か、船橋から弾き飛ばされた。

銃声が殷々《いんいん》と、天竜川の河岸段丘に谺《こだま》した。

「柳生様！　あれを！」

番士が川面を指差した。

河口から何十艘もの舟が漕ぎ上がってくる。舳先には鉄砲足軽が膝をつき、火縄銃を構えていた。

白煙が噴き上がり、銃口が跳ね上がった。船橋では御所忍びたちが次々と、身をのけ反らせながら転落する。

遅れて銃声が聞こえてきた。宗矩はカッと目を見開いた。

「南無三宝！　助かった！　あれはいずこの手の者か」

舟に立てられた軍旗を遠望する。宗矩は五十二歳になるが、視力は武芸者の命であるので、まだまだ衰えてはいない。白旗に黒々と染め抜かれた家紋をはっきりと見て取ることができた。

のであるが、突然、

「ムムムッ！」

と唸って、不機嫌そうに口をへの字に曲げてしまった。

旗印は三階笠。尾張柳生の家紋である。

一方、宗矩の肩衣に染め抜かれているのは二階笠。同じ柳生の一族ながら、二つの家は家紋すら異なるものを使用している。

三階笠は宗矩にとって、何よりも忌まわしく、呪わしいものである。この天下の剣豪が最も憎み、そして恐れる紋所であった。

「兵庫めが、なんのゆえあって要らざる手出しを！」

今の状況では尾張柳生の軍船でしか、秀忠の命を救えないというのに、宗矩の目には『出過ぎ者のお節介』にしか見えていない。

普段は冷酷なほどに理性的な宗矩だが、尾張柳生の兵庫助利厳に対してだけは、持ち前の冷静さを失ってしまうのである。

「ええい、舟だ！　舟をよこせ！　後れをとるな！　我らの手で上様をお救いいたすのじゃ！」

周囲の者を叱咤するが、そう簡単に舟など用意できるものではない。

そうこうするあいだに、尾張柳生の手勢は、盛んに鉄砲を撃ち放ちながら、漂う船橋に接舷した。

「おのれおのれ！」

宗矩は顔面を真っ赤に紅潮させた。もう、何に対して怒っているのか、傍目《はため》にはさっぱり理解できない領域である。上様が危機一髪で救われたのだから、本来なら喜ぶべき状況なのだが。

襷掛けをした兵庫助がヒラリと船橋に飛び移る。宗矩の目にもはっきりと見えた。次々と御所忍びたちを斬り倒しながら進んでいく。

敵を前にしても急ぐでもなく、足をとめるでもなく、一定の歩調で進んでいく。一見無造作に刀を翻《ひるがえ》すたびに、御所忍びたちが血飛沫を上げて川の中へと落ちていった。悠揚迫らず、それのみか、殺気すら感じさせない太刀捌きだった。よほどの名人にしかとりえぬ姿である。

尾張柳生の剣士たちもつづく。一方の御所忍びたちは闘志を完全に失った。斬られる前から川に飛び込んで逃げる者まで出てくるありさま。戦いの主導権は尾張柳生の手に移っていた。

猿剣入道も橋から逃れようとしていた。

鉄砲で狙われていては勝ち目もない。この狭い橋の上では身を隠すこともできない。忍びは体面にこだわらない。しくじったと思ったらすぐに逃げる。命を大切にして、次の機会を狙うのが本分だ。

しかし。

水中に身を投じようとしたその瞬間、はるか五間も先にいた柳生兵庫助が、揺れる船橋をものともせず、橋板を蹴立てて突進してきた。

猿剣入道は咄嗟に杖を突き出した。が、硬い木で作った杖は、兵庫助の太刀の一閃で切断された。さらに兵庫助が迫り来る。斬り下ろした刀を逆に返して斬り上げてきた。

猿剣入道は川面に飛んだ。

だが、その瞬間には兵庫助の切っ先が、猿剣入道の首筋を捉えていた。

空中に身を投げたその姿で、猿剣入道の首が切断された。胴体はそのままドボンと川に落ちる。

切られた首は放物線を描き、はるか先まで吹っ飛んでから、水中に没した。

兵庫助は、何事もなかった顔つきで刀を拭うと鞘に納めた。

秀忠の乗物の前に跪く。

「尾張徳川家中、柳生兵庫助利厳にございまする。上様をお迎えに参じましたところ、かかる事態に遭遇し、差し出がましきことながら、曲者どもを成敗いたしましてございまする」

秀忠が乗物の扉を開けた。血の気の引いた顔で、何事かを呟いたが、川の波音も高く、聞き取れる声音ではなかった。

しかし、兵庫助は適当に推察して低頭した。

「お言葉を賜り、ありがたき幸せにございまする」

川岸では、宗矩が切歯扼腕している。年甲斐もなく地団駄まで踏んでいた。すべての手柄を、尾張柳生に独り占めされてしまったのだ。

秀忠は尾張徳川家の軍船に乗り移り、無事に対岸に渡った。

天竜川の対岸は浜松城主、高力忠房《こうりきただふさ》三万一千石の領地である。浜松はかつて家康の居城であった。由緒ある領地を預けられた高力は、当然、忠実な譜代大名である。

秀忠は浜松城に入り、ようやく安堵の吐息を漏らしたという。

三

大河が滔々《とうとう》と流れている。

夕立が近づいているのだろう。低い雨雲が垂れ込めてきた。風が吹いて葦の群生をザワザワと揺らした。

天竜川の渡し場には人影もない。静寂に包まれている。万余の大軍が通過した際の喧騒が嘘のようだ。船橋を繋いでいた杭と鎖だけが、川岸に虚しく残されていた。

信十郎は川風に袂をなびかせながら、堤の上に立っていた。

結局、御所忍びの襲撃には間に合わなかった。

御所忍びの策謀はほとんど成功しかけていた。家光の襲撃に徳川忍軍を引きつけておいて、一転、秀忠を少人数で襲う。

巨大な甲羅を担いでの川下りなど、徳川忍軍が目を光らせていたなら、けっして成功しなかったであろう。

川岸に、何か、黒いものが浮き沈みしている。

「こんなモンを使いおったんやな」

鬼蜘蛛が大亀の甲羅を拾い上げた。水を切って頭上にかざし、腰を屈めて泳ぐような姿勢をとる。

「なんかの役に立つかもしれん。貰《もろ》うとこか」

「やめておけ。そんなものを担いで歩いていたら御所忍びと間違われる」

「それもそうや」

鬼蜘蛛は甲羅を投げ捨てた。甲羅はうまく波に乗り、河口へ向かって流れていった。

信十郎と鬼蜘蛛は、浜松へ向かって歩きはじめた。

「それにしても、尾張家はよくぞ、御所忍びの企図を見抜いたものだな」

「尾張徳川には根来衆がついとるわい。それに――」

「なんだ」

「尾張の殿様、義直の母親は、男山八幡の、山伏の娘やで」

「ほう」

「当然、八幡様の山伏どもが身の周りに侍っておることやろ。山伏どもにとっては頼り甲斐のある檀家で、後ろ楯や。助力は惜しまんやろな。山伏どもがちょいとその気になれば、御所忍びの動きぐらい、すぐに嗅ぎつけられるわい」

鬼蜘蛛が鼻毛を抜きながら答えた。

山伏の世界と忍者の世界は裏街道で繋がっている。

忍びの活動は武士や農民の目には触れないが、山伏の目には丸見えなのだ。

公式記録では、お亀の方の父親は由緒ある八幡宮の神主だ、ということになっている。

が、しかし。言い伝えでは、回国の修験者であった、ともいう。

お亀の方が家康の愛妾になったのちの話だ。彼女は実兄を探したのだが、これが必死に探さねば見つからないような、無名の一修験者であった、という。

お亀の方にはさらに不思議な伝承が残されている。

ある日、家康がお亀の方をしげしげと見つめ、ふと、何を思ったのか、氏素性を問い質した。

お亀の方が正直に答えると、なんと答えたのかは伝わっていないが、家康は驚愕し、固く他言を禁じた――という。

何が何やらさっぱりわからないエピソードだ。

お亀の方は、尾張義直の生母である。徳川御三家の筆頭が、彼女の腹から生まれたのだ。

その女の素性がよくわからない。

肥後菊池の一族で、服部家に扶育された宝台院のほうが、よほど血筋がはっきりしている。

とにもかくにも家康という男の周辺には、不思議な者たちばかりが集まっていたことだけはたしかだ。

家光の一行は中山道を進んでいる。信濃国を縦断する行程だ。

軽井沢宿から南に進路を取り、下諏訪宿で直角に折れて今度は西へ向かう。その夜、一行は塩尻に投宿した。

もはや忍び旅などではない。家光の身を護るため、旅籠が一軒貸し切りにされ、周囲を忍びたちが固めた。

警護の者たちにとっては、気の休まる暇もない旅路であったが、家光はあくまで呑気そのものだ。あのような恐ろしい目に遭ったというのに怯えた様子すら見せない。

酒井忠利も、斉藤福も、十兵衛も、家光の意外な度胸に驚いている。このド外れた大器っぷりは、あるいは、天下様の器に相応しいのではないか、などと思ったりもしていた。

――あるいは、よっぽどの阿呆かどっちかだ。

十兵衛は薄い唇を歪めつつ、家光の行状を見守っている。


座敷に古ぼけた金屛風が立てかけられてあった。お世辞にもうまい絵とは言えない。家光は多趣味な男である。狩野派の絵師から絵画の手ほどきも受けている。家光はしばし無言で眺めてから、感想も述べずに腰を下ろした。

斉藤福と酒井忠利が脇に侍る。十兵衛ははるか下座だ。咄嗟の事態に対応できる場所ではない。

家光の横にはお鈴が静かに座っている。――剣呑である。

しかし十兵衛には何もできない。色小姓ではないのであるから、宴席で若君の隣に座るわけにもいかない。家光は喜ぶかもしれないが、十兵衛にその気はまったくない。

そこでキリの出番である。

キリもまた、家光のすぐ傍らに控えていた。

家光の膳に朱塗りの大盃が置かれている。信濃国は木地師や漆の産地であるので、それはそれは見事な盃であった。

お鈴が銚子を傾けて、鼠尾鼠尾《そびそび》と酒を注いだ。

キリは鋭い目で見守っている。お鈴が酒に毒を含ませようと謀っても、キリの目を盗むことはできない。

「うむ」

不穏な空気に気づかぬ家光は、満足そうに頷き、お鈴に好ましげな視線を向けた。お鈴がポッと頬を染めて、恥ずかしそうに俯く。

家光が盃に手を伸ばそうとすると、酒井忠利にとめられた。

「お待ちあれ。——毒味を」

家光の膳の毒味役は本来、西ノ丸書院番士の仕事であるが、ここにはいない。この場はキリが受け持った。

盃を両手で捧げて顔の前に寄せる。毒の臭いはしない。朱唇をつけて一気に呷った。

「……ふむ」

しばし、舌の上で美酒を転がす。何も異常はないようだ。忍びとして鍛えられたキリの舌と嗅覚は、わずかな毒にも反応する。

グビリと飲み干す。喉越しにも異変は感じられなかった。

「よろしゅうございます」

と、空になった盃を返した。

酒井忠利と家光と斉藤福が、微妙な顔つきでキリを見つめている。キリの『一気飲み』に驚いているのだ。

キリは、どうして自分がそんな目で見つめられているのかが理解できない。

「……お注ぎいたします」

一息で干した盃に馬尾馬尾《ばびばび》と酒を注ぐ。家光の両目が、さらに丸くなった。

忠利が見かねて口を挟んだ。

「一時《いちどき》に、そんなたっぷりと注ぎ入れる作法があるか！」

キリはますます困惑した。自分が注いだ盃を見る。男ならこれぐらい、一息に飲めるだろう、と思った。

「ホホホホホ」

お鈴が口元を押さえて笑った。

「ほんに、キリ様は面白いお方」

それを受けて家光が呵々大笑する。

忠利も福も笑っている。

十兵衛は頭を抱えている。キリは憮然として座っていた。

四

秀忠の行列は名古屋城下に入った。

名古屋は東海道から離れた場所に位置している。尾張国で栄えている町といえば、熱田神宮の門前町と、東海道の宮ノ宿だ。

名古屋城は対大坂戦の要塞として整備された。城下は純粋な軍事都市だ。武家屋敷が整然と並んでいるほかには何もない。実に寂しい町並みであった。

秀忠の乗物が大手門をくぐった。尾張義直は自ら門前に立って出迎えた。

秀忠がうっそりと駕籠を下りる。旅の疲れと心労からか、顔色は悪く、頰がくぼみ、眼窩も落ち窪んでいた。

一方の義直は健康一番の若武者だ。全身から生気を発散させていた。

「上様におかれましては此度《こたび》のご上洛、祝着しごくに存じ上げ奉りまする」

「うむ」

「名古屋へのご着陣、義直、心より歓迎申し上げまする」

「ああ」

秀忠は、感情のこもらない目つきで、義直と、居並ぶ尾張の家臣たちと、頭上から見下ろしてくるような大天守と、燦然と輝く金の鯱を見た。

──まるで病人だな。

義直は、兄の姿をそう見て取った。

──息子を将軍に据えるための上洛であろうに。嘘でも嬉しそうな顔をすればよかろうものを。

義直は家康の膝の上で育った。その頃の家康は駿府で大御所として天下の権を握っており、秀忠は名ばかりの将軍として江戸城を守っていた。

家康は事あるごとに秀忠の無能と気配りの足りないことと、腰の据わらないことを詰《なじ》っていた。

たしかに、馬上天下を取った英雄の目から見れば、若年で凡将、さらには苦労の足りない秀忠の所業は、なにかと満足のゆかぬことばかりであったろう。

しかし、問題なのはその先である。

家康の愚痴と嘲笑を、子守歌がわりに聞かされていたのが、この義直なのだ。

三つ子の魂百までとはよく言ったものである。

兄秀忠を軽んずる感情は、義直の精神の最も深いところに根を張ってしまっている。

——父上の申されたとおり、まったくもって、使えぬ兄者だ。

義直は、この年頃の若者として当然に、なんの根拠もないのに、おのれをたいそう立派な人物である、と思い込んでいる。無意識にも兄を軽く見てしまうのだ。

それでもこの秀忠が、長兄の信康や次兄の秀康のように、父家康をも恐れさせるような英雄人傑であれば、義直も喜んで慕ったであろう。

しかし、秀忠は自他ともに認める凡人である。義直のような、自意識過剰な若君から見て、とうてい満足できる兄ではなかった。

——さらにあの家光……。

兄に対しては儒教の精神で、まんざら敬服せぬでもない義直だったが、甥に対しては遠慮がない。

——この大事なときに発病とは。いやはや。先が思いやられるわ。

帝や朝廷への聞こえもどうであろう。

あるいは思う。

この切所《せっしょ》に当たって病に倒れるような人間は、所詮、神意に外れた者なのではないのか。

神が——おそらくは東照大権現様が『次期将軍は家光であってはならぬ』と神意を下したもうた、とも考えられる。

どうにも徳川宗家は頼りない。おそらく全国の諸大名も、民草どもも、同じように感じていることであろう。いや、きっとそうに違いない。

——いざとなれば、この俺が家光に取って代わるまでのことよ。

頼りない兄と、愚かな甥の姿を目の当たりにし、義直の腹中に野心が膨らみはじめた。

義直本人は、これが反逆だとは思っていない。なにしろ『自分は家康の子』なのだ。家康の子が将軍職を継ぐことに、なんの不都合があるというのか。

頭上では、金の鯱が真夏の陽光に照らされている。ギラギラと眩しい光を周囲に放っていた。

秀忠は名古屋城本丸御殿に入った。尾張徳川家六十二万石をあげて、歓迎の宴が開かれた。

篝火が煌々と焚かれた御殿の庭。能舞台が眩く照らし出されている。

小面を掛けたシテが幽玄の舞を見せている。秀忠お抱えの能役者、喜多七太夫《きたななだゆう》であった。

喜多七太夫は当代一流の能役者である。秀吉、家康、秀忠の、天下人三代にわたって寵愛された。

七歳のときに秀吉の前で能を演じた、という天才である。あまりの見事さに感じ入った秀吉から「七つの子であるから」という理由で七太夫の名を授かった。『太夫』は一人前の役者しか名乗ることの許されぬ称号だ。七歳にしてひとかどの能役者として認められたわけである。

以後、豊臣家に仕え、大坂の陣では大坂城に籠もった。

大坂滅亡ののちは、徳川幕府の追捕を受ける身となったのだが、『どうしても七太夫の舞をもう一度見たい』という家康の我が侭で罪を許され、今度は一転、徳川家に庇護される身となった。

さらには秀忠のお抱え能役者となり、観世、宝生などの四座と並んで、喜多流という一流を立てるほどの出世を果たした。

今日でも、能の家元といえば四座一流の五家である。観阿弥・世阿弥父子以来の由緒ある大和四座と肩を並べて能楽の宗家となったのであるから、よほどの力量の持ち主だったのであろう。

能舞台を見下ろし、御殿の正面に秀忠が座している。その横手の下座には義直が、傍目には、仲むつまじそうに侍っていた。

中庭に面した回り縁に、秀忠の側近や大名たちのほか、尾張家の重臣たちも臨席していた。

尾張家附家老、成瀬隼人正正成は、はるか下座から、将軍とその取り巻きの年寄どもを見上げていた。

大御所家康が存命の頃は、成瀬正成が天下の年寄として家康のお側に侍っていた。家康が何事か気づいたときに、すぐ耳打ちができるように、という位置である。

大名たちはもちろん、二代将軍の秀忠でさえ、成瀬の顔つきや一挙手一投足に目を配り、気をつかい、わずかなことでビクビクと顔色を変えていた。

それなのに。

今では分家の家老である。こんな下座の、篝火も当たらぬ薄暗い回廊に座らされ、秀忠はもちろんのこと、その側近どもにさえ、頭を下げねばならないのだ。

憤懣やるかたない。両手で袴を握りしめ、奥歯をギリギリと嚙みしめている。能を観賞するどころの気分ではなかった。

「殿」

成瀬家に仕える家士が背後に膝行《しっこう》してきて、正成の耳元に口を寄せた。

「……うむ。すぐにまいる」

能の演目の途中であるが、成瀬は腰を上げて中座した。

チラリと御殿に目を向ける。誰も気づく者などいない。駿府の大御所時代であれば成瀬が席を立っただけで、『すわ、天下の政治が動くか』という騒ぎになったものであったが。

成瀬は名古屋城外、成瀬屋敷の御用部屋に入った。

純白の直垂に立烏帽子をつけた典雅な男が待っている。その風韻《ふういん》だけを見れば、殿上人かと錯覚されるほどの気品を漂わせていた。

「鴨顕道とか申したな」

「はは。お見知りおきくださり、身に余る悦びにおじゃりまする」

謎めいた陰陽師は、能面よりも端正で無表情な面を伏せた。

「して、何用か」

成瀬は上座にドッカと腰を下ろしながら大儀そうに声を放った。

「この顕道、隼人正様に是非ともお許しを賜りたく、推参つかまつりました」

「いかなる許しじゃ」

なんの気なしに問い返した正成は、次の瞬間、ギョッと目を剝く羽目に陥った。

「い、今、なんと申した⁉」

顕道は、泰然と座し、口元に微笑を浮かべたまま、答えた。

「はい。今宵、秀忠を討ちまする。ついては、そのお許しを賜りたく――」

「なんと申すか！」

さしもの成瀬正成が我を忘れて大声をあげ、ついでガッと立ち上がってしまった。思わず腰の脇差しに手を伸ばしている。

一方の顕道は真っ正面から正成の視線を受け止めた。わずかだが冷笑的な顔つきになった。

「もはや、この折をおいてほかに、秀忠を討つ好機はおじゃりませぬぞ、隼人正様。秀忠を京に上らせてしまえば、もはやこの双六は『あがり』でおじゃる。次の将軍の座は家光のものとなり、さらには家光の子に受け継がれ、……尾張中納言様が将軍職を継がれる目は、完全に潰《つい》えまする」

「ム……！」

「さすれば隼人正様も、尾張徳川家の家老のまま、生涯を終える——ということになりましょう」

顕道が意味ありげな目つきで、正成の目を覗き込んできた。

「成瀬隼人正様の御家が、将軍家年寄の家格に戻るか、それとも子々孫々、尾張の家老の家柄で終わるか、今、このときのご決断にかかっておるのでおじゃりまする」

正成はふたたび座り直した。鼻の穴を大きく広げて、長い鼻息を吹き出した。

「で、具体的にはそのほう、何をどうするつもりなのじゃ」

「はは。お許しさえいただければ、成瀬様のお手を煩わせることもなく、麿《まろ》が一存で本丸御殿に忍び入り、秀忠の命を断ちまする」

成瀬は「カーッ」と奇声を漏らした。

「益体《やくたい》もない！　城内にて暗殺いたせば尾張家が真っ先に疑われよう。中納言様が将軍とおなりあそばすどころか、旗本、大名どもに即座に襲いかかられ、尾張家中は一人残らず血祭りに上げられようぞ！」

激怒した正成に対し、顕道は相変わらず涼しい顔で応えた。

「ご案じ召されまするな。秀忠めが命を失うのは明後日のことにおじゃる」

「なんじゃと!?」

「今宵、技を仕掛けまするが、その効き目が心の臓にまで達し、鼓動をとめるのはおよそ二日後。秀忠が名古屋を発ったのちのことでおじゃる」

「そのようなことができるのか」

「むろんのこと。我が道の秘法にござれば」

　顕道はこともなげに頷き、さらに、

「聞き及びまするに、御所忍びどもも秀忠の命を狙っておる――とか。上洛の途上、京に近づいたところで命を奪われた秀忠は、畢竟《ひっきょう》、御所忍びどもの手にかかったもの、と、思われましょうな。尾張家が疑われる心配はおじゃりませぬ」

「しかし！　それでは、帝や朝廷にご迷惑がかかろう」

「ならばこそ。そこで尾張家六十二万石が、朝廷の楯となられるのでおじゃる。さすれば尾張中納言様に対する帝のご心証はいやまし、いよいよもって、将軍宣下への道が開けましょうぞ」

「うううむ」

　口車に乗せられているような気もするが、たしかに、そのように事が運びそうな気もしてくる。

そもそも、顕道が秀忠暗殺に失敗しようとも、この尾張家が被る損失《こうむ》は皆無なのだ。素性不明な陰陽師が尾張家と繋がっていることなど誰も知らない。

暗殺に失敗して顕道が討ち取られたとしても、京の住人の暴挙だとして処理すればよい。


成瀬は、やはり、老いていたのかもしれない。

家康の側近として天下の政治を動かしていた頃の成瀬なら、このように危険な賭けに打って出ることはなかったであろう。

理知的で冷徹な政治人間であったはずの成瀬も、もはや五十六歳。年相応に脳の硬化が始まっている。若ければ耐えられたであろうことにも耐えられない。回りくどく策を巡らす手間も惜しくなり、心は感情のままに揺れ動く。

成瀬正成は、晩節を汚す者が陥る、典型的な失敗を犯そうとしていた。

「あいわかった！」

ついに正成は断を下した。

「秀忠めを討ち取れ！」

「はは」

低頭した頭道に冷たい眼差しを向け、正成は言わずもがなの念を押した。

「本丸に入ったそのほうが、いかなることと相成ろうとも、尾張家とは一切、関わりなしじゃ！　その旨、しかと心得よ！」

「言われるまでもなきこと」

頭道は冷笑を浮かべて平伏した。

五

柳生宗矩は、名古屋城三ノ丸、巾下《はばした》門前の武家屋敷に入った。

宗矩という男は根っからの政治人間であり、ゆえにある種、陰険なところがある。容易に他人を信用しない。

彼の目から見た尾張家は、信頼に足る親藩などではなかった。むしろ、秀忠、家光にとって最大の敵だ、と看破していた。

その秀忠は躊躇なく本丸御殿に入ったが、それは龍の鰓《あぎと》に飛び込んだようなものであり、いつなんどき、ガブリと食い殺されるかわかったものではない。

成瀬正成と鴨頭道の陰謀を知っていたわけではない。が、兵法修行で身に着けた直感力が、宗矩に危険を知らせていたのだ。

宗矩は夜空に映える大天守を見上げた。白漆喰の塗籠《ぬりごめ》壁が篝火で煌々と照らされている。

夜風がピタリとやみ、霧が湧いてきた。

道中、携えてきた帳面を開く。討ち取った八部衆の名が記されている。

箱根で一人、山中峠で三人、そして先日、天竜川で一人を討ち取った。

岩魚麿は味方である。また、八部衆の頭目である御蓋坊は、御所に近仕する上忍だ。頭領自ら討って出てくることもあるまい――と予想していた。

「あと一人か」

姿を見せず、素性も知れぬ八部衆も、もはや一人を残すのみ。いったいいずこに潜んでおるのかは知れぬが、その者さえ倒せば、御所忍びは壊滅したも同然となろう。

「それにしても、利厳め！」

八部衆に思いをいたしているうちに、天竜川での襲撃、さらには兵庫助利厳の鮮やかな活躍が脳裏に蘇ってきた。

兵庫助の凄まじい太刀筋が目に浮かぶ。

「兵庫助め、またしても腕を上げおったわ」

　おそらく、天下一の兵法者であろう。

　利厳は新陰流の宗家であるのだから、同じ新陰流として喜ぶべきことでもあるはずだが、しかし宗矩は『我こそが真の宗家』と自負している。上泉伊勢守より柳生石舟斎を経て、今は利厳のもとにある新陰流兵法秘書（影目録）も、いずれは我が手に納めるべし、と考えていた。

　そんな次第なので利厳の大活躍が苦々しい。我が身が犯した失態が招いた事態だけに、よけいに腹立たしかった。

　いかにして影目録を奪い取ってくれようか、などと思い悩んだりしているうちに、宗矩は、突然として強烈な眠気を覚えた。

　やはり長旅で疲れているのであろうか。

「これはたまらん……」

　城の内外に走らせた配下の者たちからの報告を待っていたのだが、立っていることすらおぼつかない。ドッカと腰を下ろすなり、柱に背中を預け、ウトウトと居眠りをしはじめた。

　日本有数の剣客、将軍家剣術指南役とも思えぬ油断だらけの姿である。

宗矩に城内の様子を伝えるはずだった柳生の剣士は、畳廊下の真ん中に俯せとなり、横顔を畳に押しつけたまま、高鼾をかいていた。

あまりにも不自然な寝姿である。

青白い夜霧が御殿内に低くたなびいている。

名古屋城内は音もなく、風もなく、完全に無音の静寂に包まれていた。


このとき信十郎は――。

将軍家お供のような顔つきで、名古屋城内に潜入を果たしていた。

名古屋城内は、尾張徳川家の家臣たちが警備に当たっていたが、旗本や譜代大名の家来など〝見知らぬ顔〟ばかりが歩いている。

信十郎は、実に堂々と大手を振って城内を行き来した。風姿には持って生まれた気品を漂わせているし、加藤家の猶子として育てられたゆえに御殿作法もお手のものだ。尾張家中の何人もが信十郎の姿を目撃したが、無許可の侵入者などとは、まったく思わなかった。

その信十郎もまた、異様な眠気に襲われている。

——これは、なんだ……？

信十郎は名状しがたい不安と危険を感じ取った。金剛盛高を鞘ごと摑み、本丸御殿の庭に出た。

異様な静けさである。秀忠の旗本や尾張家中など、寝ずの番をする武士たちが巡回しているはずなのに、足音も、衣擦れも、息づかいすらも聞こえてこない。

信十郎は、総身に寒けを覚えた。腕には鳥肌まで立っていた。

しかし。

よほどの危険が迫っていると知りつつも、眠気はますます酷くなり、瞼が重く下がってくるのだ。

「ぬっ……」

グラリ、と膝が崩れた。刀の鞘を杖がわりにして、なんとか身体を支えようとした。が、全身の力はなおも抜けてゆく。ついにはドタッと、その場に倒れてしまった。

意識があったのはそこまでだ。信十郎は深い眠りの底に落ちていった。

チンッ——と、何かを打ちつける音がした。

本丸を包んでいた夜霧がたなびき、闇の中からフワリ、と、白い直垂姿の男が現われた。

鴨顕道は足音もなく、城門をくぐった。

直垂の袖や裾を揺らすこともない。手足を動かしているようには見えない。夜霧の中を滑るように移動していく。

闇の中で白い直垂だけが鮮やかに見える。この男の全身から、青白い燐光が放たれているかのようだ。

またしても、チンッ、と音がした。

顕道の両手には黒い木切れが握られていた。よほどに硬い木を削って作られたものなのか、打ちつけるたびに甲高い音を響かせた。

算木《さんぎ》である。

本来は計算のために使われる道具なのだが、占いや呪術にも用いられた。陰陽二つの組み合わせを無数に並べることで、森羅万象のすべてを表現し、また、それらを操ることができる——と、されていた。

「師出以律。否臧凶（し、いずるにりつをもってす。よからざればきょう）」

顕道はなにやら、呪文のような言葉を唱えた。

本丸内のいたるところに武士たちがぶざまに横たわっている。宿直《とのい》の小姓も例外ではない。皆、この陰陽師が操る陰陽の術に堕ちていたのだ。

陰陽師は足元に夜霧を纏いつかせたまま、本丸御殿の玄関をくぐった。夜中であるが玄関は開け放たれたままである。扉を閉める途中で眠り込んでしまったのか、若い侍が門扉にもたれかかって眠っていた。

顕道は勝手知ったる足どりで進んだ。御殿内の配置は、成瀬正成より借りた城絵図で承知している。迷うことなどすこしもない。

算木を打ち鳴らしながら奥御殿へと進む。三ノ間、二ノ間を通過して、ついに大広間に達した。

大広間に面した庭先には、煌々と篝火が焚かれていた。さながら白昼のような眩しさだ。

庭の中央に能舞台が見える。磨き抜かれた床板がテラテラと照り輝いていた。

廊下や回り縁にも、宿直の武士たちが倒れている。しどけない格好で高鼾をかいていた。

陰陽師は大広間に踏み込んだ。

杉戸や襖、障子のたぐいはすべて開け放たれている。

「來兌之凶。位不當也（きたりてよろこぶのきょうなるは　くらいあたらざればなり」

陰陽師は、またも算木を打ち鳴らした。

と、妙な足どりで歩を進め、一歩一歩踏み出すごとに算木を叩いた。

酔漢の千鳥足のようなその行歩《ぎようぶ》こそが反閇《ヘンバイ》である。北斗七星の並びをなぞっているとされている。これもまた陰陽師の呪法であった。

反閇を踏み終えて拝礼する。地霊に祈りを捧げているのか、なにやら神妙な面持ちだ。

「秀忠めは……。あちらか」

甲高い優美な声音で呟いた。

と、そのとき。

ドンッ、と、低い音が轟いた。

鴨頭道は一瞬、訝しげに顔を上げた。終始伏目がちだった視線が、御殿の奥に向けられた。

上段ノ間の障壁画の前に、何者か、真っ黒な影が佇立していた。

障壁画には金箔が張られており、庭の篝火を眩く反射させている。

黒い影は、ドンッと、力強く床を踏んだ。

影が床を踏み鳴らすたびに、顕道の呪術が祓《はら》われていくかのようである。青白くたなびいていた夜霧がスウッと消えた。

陰陽師の顔に、わずかな感情が浮かび上がった。

「何者でおじゃる」

上段ノ間の黒い影が、ゆるゆると正面を向いた。

蓬髪をざんばらに乱している。額には二本の角を生やしていた。面貌はおぞましくも不気味だ。顰められた眉間や、苦悶を滲ませた目つきに、深い怨念を滲ませていた。

男がカッ、と、顔を上げた。両目は金色に輝いている。まさに怨霊そのものの姿であった。

「ほほう」

陰陽師が感じ入った声を漏らした。

「平知盛《とももり》殿の、ご入来でおじゃったか」

壇ノ浦合戦で源氏に敗れ、命を落とした平家の公達《きんだち》である。その後亡霊となり、義経主従を悩ませた。

義経が伊予に赴《おもむ》かんと船出した際、荒海に忽然と出現し、義経率いる船団に襲いかかった。

嵐の夜。大波をともなって襲いくる知盛。舟は次々と難破させられ、義経の郎党たちは海に沈んだ。

いよいよ知盛は義経の御座船に迫る。そのとき弁慶すこしも騒がず、朗々と経を誦《ず》して、知盛の怨霊を調伏《ちょうぶく》した。

その恐怖の一夜を劇にしたのが、謡曲『舟弁慶』である。


上段ノ間に立っていたのは、怪士《あやかし》の面を掛けた能役者であった。

白鉢巻きに黒頭《くろかしら》、額には鍬形を戴いて鬼の角を模している。金糸銀糸を縫いつけた袷法被。重々しげな能装束を身に纏っている。腰には刀、片腕には薙刀を携えていた。

怨霊知盛に扮した能役者は、スルスルと足を運んできた。その行歩は見事の一言であった。

顕道は感心しきりの顔つきで訊ねた。

「太夫、ご尊名は」

面の下からくぐもった声が響いてきた。

「喜多七太夫」

「これはこれは……。ご高名はかねがね伺っておじゃりまする」

顕道はますます感心しきりの様子となった。

「七太夫殿……。秀忠めのロッペイタかと思いきや、護り役も果たしておられたのでおじゃるな」

ロッペイタとは、ポルトガル語で、腰につけるポーチのことである。七太夫は幼少の頃、いつも秀吉のそばに控えていたので『六平太』と綽名《あだな》されていた。まさに腰巾着の意味であろう。

その六平太——七太夫はドンッと、力強く床を鳴らした。足拍子と呼ばれる、能特有の所作である。陰陽師が反閇で仕掛けた呪術が、この一拍子で剝がされた。

七太夫が足を踏み鳴らすたびに、怪しい夜霧が晴れていく。

能は単なる舞踊ではない。悪霊払いの咒《まじな》いでもある。

大地を踏み鳴らして地の気を鎮める呪法は、相撲の土俵入りにも見られる。四股《しこ》を踏むのには地鎮の意味がこめられているのだ。

顕道の表情にわずかな焦りが滲んできた。

「なかなか侮れぬお方でおじゃるな」

キンッ、と算木を鳴らす。が、即座にドンッと踏み返される。

顕道は反閇を踏んで呪を強める。七太夫は悠然と舞って、顕道の呪詛を返す。

余人にはこの二人、何をやっているのかさっぱり理解できないだろう。陰陽師と能役者による幽玄な呪法の応酬だ。

「きりがのうおじゃるわ」

鴨顕道は、直垂の長い袖を振り払うと、一口《ふり》の刀を抜きつけた。長さ二尺ほどの直刀である。本来、魔よけなどの儀式に使うものであろう。不動明王の剣に似ている。

七太夫も背中に携えていた薙刀を、スッと前に回し、腰を低く落とした。大きく踏ん張った袴の裾が広がる。なかなかに頼もしい構えだ。平家随一の猛将、知盛本人が蘇ったかのような勇姿であった。

「いよお！」

顕道が片手斬りで踏み込んでいく。七太夫は薙刀を振り下ろした。

直刀と薙刀がぶつかった。顕道はスルッと腕を返して、薙刀の重さを受け流すと、刀の切っ先を七太夫の首筋めがけ、鋭く突き出した。

七太夫は重い能装束を揺らして避ける。刃筋がわずかに首をかすめた。

二人はバッと装束を鳴らしながら離れた。同時に七太夫の薙刀が顕道の脛をめがけて振り下ろされる。

今度は顕道が両足を揃えて宙を飛んだ。

七太夫はすかさず刃を返して斬り上げる。

が、それを見越していたのであろう、なんと顕道は、薙刀の刀身の付け根の留め金、口金をピョンと踏んでさらに高く飛び上がった。真後ろに一回転し、やすやすと斬撃を躱わすと、広間の畳にストンと降りた。

「いよぉ！」

「ヌンッ！」

能装束と直垂、動きにくい衣装をつけた者同士の、どこかしら優雅な対決が延々とつづく。

能というのは不思議な芸能である。剣術と歩調を合わせるかのように発展してきた。

大和四座の一つ、金春《こんぱる》座の座頭《ざがしら》・七郎氏勝《しちろううじかつ》は、柳生石舟斎に新陰流兵法を学び、石舟斎は金春太夫に申樂《さるがく》を学び、ついにはそれぞれ奥義に達して、互いの家に伝わる秘伝を教えあった——という逸話は有名だ。

さらに。大和国には不思議な伝承がある。

後醍醐天皇に楠正成を推挙したのは、柳生家の先祖、柳生永珍《ながよし》と永証《えいしよう》入道の兄弟能と軍学と剣術と忍術は、ほとんど一つの家系集団の手によって編み出されたもの、と言えるのかもしれない。

楠も柳生も服部も、後醍醐天皇の挙兵を知って推参してきた『南朝の忠臣』である。

能の大成者、観阿弥清次《きよつぐ》は楠正成の甥である。と同時に、服部《はっとりの》連《むらじ》家の一族であり、武士としては、服部三郎の名乗りをあげていた。

だった――というのだ。

七太夫が薙刀をブワッと振り下ろした。その刹那、顕道の身体が真横に飛んだ。

七太夫はすかさず追い打ちをかける。大薙刀が唸りをあげて顕道を襲った。

顕道は、すんでのところで逃れた。

七太夫は嵩にかかって踏み込んでいく。脛を切り払い、避けられるや否や、石突きでズンッと胴体を突く。息つく暇もない連続攻撃の薙刀捌きだ。

長柄の武器はその重さの分だけ動きが鈍い。剣を手にした顕道がつけこむ隙はそこにあるはずなのだが、七太夫は刀身と石突きを交互に使って寄せつけない。

頭上でブンブンと薙刀を旋回させる。顕道からすれば、剣の得意とする間合いに飛び込むことすらできなかった。

顕道は白絹の直垂の袖を揺らして逃げ回る。七太夫の斬撃を避けるので精一杯のありさまだ。

しかし。

七太夫には不利な条件もあった。

能面は視界が狭い。小さな穴が二つあいているだけだ。

さらには呼吸の通りも悪い。能装束も重くてかさばり、動きにくい。

疲れが出たのか、七太夫の薙刀捌きが目に見えて鈍くなってきた。

「ムッ！」

七太夫が面の下で唸った。能面越しに捉えていた陰陽師の姿が消えたのだ。

急いで背後に飛び退いた。が、わずかに遅い。瞬時の隙に、薙刀の懐《ふところうち》内に踏み込まれていた。

顕道の直刀が一閃される。七太夫は薙刀を引き寄せたが、その柄を一刀両断にされた。

さらに、

「いよお！」

鼓の合いの手のような気合で顕道が斬りつけてくる。切っ先が面の額にガッと食い込んだ。パンッ、と乾いた音をたてて、能面が真っ二つに割れた。

　七太夫の素顔が晒された。

　なんの変哲もない、どこにでもいそうな中年男だ。

　七太夫は背後によろめいた。顔貌には恐怖の表情が張りついている。

　能役者は面を掛け、役柄を我が身に憑依《ひょうい》させることで、その役になりきる。七太夫にとり憑いていたのは平知盛の霊だ。知盛になりきって薙刀を振るい、戦ってきた。

　しかし。面を割られて素顔を晒した七太夫は、もはやただの能役者でしかない。

「覚悟しやれ!」

　片手斬りの直刀が鋭く振り下ろされた。七太夫は肩口を打ち据えられて真後ろにふっ飛ばされた。ズドンと見苦しく転倒した。

「ううう……」

　能装束の分厚い布地がクッションの役割を果たし、なんとか、致命傷だけは免れた。が、もうあとはない。

　顕道は、剣の切っ先を突きつけてくる。装束を切るのが難しいと知って、今度は串刺しにしよう、という構えだ。斬るより突き刺すほうが、相手の命を仕留めやすい。

　広間に尻餅をついた姿で、タジタジと後退する七太夫。

顕道は、貌容《かんばせ》に冷酷な微笑を張りつかせ、にじり寄ってきた。

ガッと切っ先を突き立てようとした、そのとき。

ドンッと畳表を踏んで、天井から飛び下りてきた者がいた。

顕道はチラッと目を向けて、舌打ちした。

「大蹇朋來（だいけん、ともきたる）。──七太夫殿には窮地を救う友。麿にとっては邪魔者」

さらに、周囲を見回して、

「麿の術が、はや、解けておじゃったか」

気の抜けたような声音で呟いた。

七太夫の足拍子は無駄ではなかったのだ。眠りの術から解放された者が、曲者の気配に気づいてやってきた。

顕道は、もはや無力な七太夫などには目もくれず、置き捨てにして、新たに出現した影と対峙した。

「徳川の旗本、とも思えぬ立ち姿やなァ。なんや、我らと同じ臭いがしておじゃる」

褐色の小袖に山袴、黒革の袖無し羽織。腰には恐ろしく長い刀を差している。

顕道は一目で、この男の体内に流れる、道々外生人の血を感じ取った。

信十郎は、いつものごとくに悲しげな表情を浮かべた。

「なにゆえ、京の御仁《ごじん》が、将軍家を討たんとなされる」

顕道は、呆れ顔で言い返した。

「徳川が帝に向けた不敬の数々、これを見逃しにはできぬ。これこそが、帝にお仕えする我らの道理でおじゃろう」

「将軍家は、和子中宮様を入内させることで、公武の合一を図っておられる。天下静《せい》謐《ひつ》（平和）の道をめざしておるのだ」

顕道はカラカラと高笑いを放った。

「それこそが不敬と申すものじゃ！　徳川など、いかに武を張ったところで、しょせんは三河の土豪、南朝のはぐれ武者にすぎぬ！　畏れ多くも一天万乗《ばんじょう》の君に対し奉り、戦陣の血で穢れた手を差し伸ばすとはなんたること！　身のほどもわきまえぬこの所業、同じ加茂の一族として許せぬ！　この鴨ノ顕道が成敗いたしてくれようぞ！」

ブンッ、と得意の片手斬りで斬り込んできた。信十郎は咄嗟に刀の柄で受けた。

鍔《つば》迫《ぜ》り合いで押し合う。顕道がニヤリと笑った。

「なかなかやりおる。が、京八流を残らず修めた麿に勝てると思うてか」

京八流とは、鬼一法眼《きいちほうげん》が編み出し、八人の高弟にそれぞれ伝えた八つの武技のことである。義経は、この法眼に兵法を学んだ——とされている。

十兵衛が碓氷峠で戦った鞍馬流も、京八流の一つであった。

顕道は長袖をバッと鳴らして、剣を鋭く構え直した。

「童蒙吉（どうもうきちなり）！」

童蒙とは信十郎を指してのことであろうか。物を知らず、ゆえに恐れを知らぬ若造は幸せだ、という謂《い》いだ。

「いよお！」

斬撃がきた。顕道は巧みに足を踏み替えて、コマのように身体を旋回させながら次々と斬りつけてくる。腕自慢をするだけのことはある。長袖、立烏帽子の陰陽師とも思えぬ、凄まじい武芸だ。

信十郎は右手を刀の柄に添えつつ、左手で鞘を握って刀を鞘ごと出し入れし、顕道の斬撃を受け払いつづけた。

居合術は鞘の内の勝負だ。抜く暇もないほど鋭く斬り込まれた場合、柄と鐔《つば》と鞘とを使って防戦する。林崎神明無想流で、刀の柄が異様に長いのは、この、防御のための工夫であった。

信十郎は、顕道の斬撃が弱ったのを見て取った。すかさず金剛盛高を一閃させる。鋼色の刀身が横殴りの円弧を描いて、陰陽師の直垂に襲いかかった。

が、顕道は、刀を握っていないほうの手で、金剛盛高の切っ先を受け止めた。ガキッと不気味な音が響く。顕道の手には算木が握られている。なんと、この木切れだけで林崎神明無想流居合の太刀筋を防いだのだ。

信十郎はすかさず太刀を返して斬り下ろそうとした。が、峰を返した瞬間に斬り込まれた。

峰を返すとき、腕と刀とに一瞬、無防備な隙が生まれる。

直刀の刃が信十郎の右腕に伸びた。薄く、しかし鋭く斬られた。皮膚がパックリと裂けて、血が噴き出した。

二人は同時に背後に飛んで間合いを取った。

信十郎は我が腕にチラリと目を向けた。斬られた傷口は薄手である。筋肉にも異常はなく、十分に腕を振るえた。

しかし、斬られたことには変わりがない。これまで戦った中でも、最強の部類に入る難敵だ。

さらに。

顕道は端正な美貌を皮肉げに歪めさせた。そして、算木をチンッ、と、片手で打ち鳴らした。

「ムッ……！」

途端に、グラッと、信十郎の身体が傾いだ。

——これは……⁉

身体の右半分だけが異様に重たい。片方の肩にだけ、重石《おもし》を背負わされたかのようだ。必死に右足を踏ん張るが、どうしても身体の均衡が保てない。

剣で斬り結ぶどころの話ではない。

顕道が算木を打って作り出した高周波が、信十郎の右耳の、三半規管を麻痺させたのだ。むろん、こんな理屈は信十郎の知識にはない。ただただ混乱するばかりである。

——なんという不気味な技だ！

まっすぐ足を踏み出すつもりが、大きくよろめいてしまった。

こんなとき、術返しとして頼りとなるのは七太夫だが、七太夫は腰をべったりと落としたまま怖じ気づいている。

顕道は、唇を歪めてせせら笑った。

「お覚悟なされ」

片腕をグイッと引き上げて、肩口で剣を構えた。そのまま一気に踏み込んでくる。一刺しで信十郎を貫き通そうとした。

そこへ。

またしても新たな人物が参戦してきた。

すでに両袖は襷で絞り、袴は高々と股立をとっている。ダンダンダンッと、足音も高く、大広間の畳を蹴立てて突進してきた。

走りながらスラリと抜いた刀を斜に構える。さすがの顕道も、その凄まじい剣気に驚き、目を見開いた。

「しょ、笑止におじゃるわ！」

片手で算木をグイッと突き出し、打ち鳴らす。

算木から放たれた高周波が、大気を揺らして波紋を作り、剣士に向かって一直線に伸びていく。

剣士は空中をブンッと斬り払った。算木から放たれた波《ウエーブ》が、一瞬にして飛散した。

「いえええええいッ！」

剣士は凄まじい気合を迸《ほとばし》らせた。新陰流兵法でいう『唱歌』だ。

柳生十兵衛も唱歌をよくするが、この気迫は段違いである。七太夫が舞台を踏んで瘴気《しょうき》を払ったのと同様に、陰陽師の放つ悪気を吹き飛ばした。

その瞬間には、一足一刀の端境を踏み越えている。顕道を間合いに捉え、ズンッと刀を斬り落とした。

抜き合わせた顕道の直刀がキンッと折れた。

剣士の豪刀は、顕道の刀もろとも、その肉体を切り裂いた。純白の直垂が斜めに赤い口を開き、一瞬の間をおいてブワッと血潮を噴き上げる。

「はうっ！」

顕道は両目を見開き、己が胸から溢れる血を見つめ、それでもなお、片腕で折れた剣を振り上げたが、グルリと白目を剝くと、その場に倒れ込んだ。

おのれの血潮で真っ赤に染まった畳の上を、泳ぐようにもがく。端正な顔が皮肉げな薄笑いを浮かべる。目玉がグリッと動いて、剣士と、信十郎を交互に見た。

「徳川めは……必ず……」

そう呟きを残して、絶命した。

陰陽師が息絶えたことで、名古屋城全体を包んでいた妖気が完全に晴れた。信十郎の三半規管も機能を取り戻し、まっすぐ立てるようになった。

七太夫がノッソリと起き上がって、恐る恐る、歩み寄ってきた。

「おぞましい敵でございましたなぁ」

「うむ」

「まことに」

陰陽師の死体を三人で取り囲み、しばし、無言で眺め下ろした。それぞれの胸に、それぞれの感慨が兆している。

が。三人は、ふと、顔を上げ、互いの顔を交互に見た。

陰陽師の潜入に気づき、おのおのの技で対抗しようとした三人であったが、別段、示し合わせていたわけでもなく、顔見知りであるわけでもない。なんとなく、微妙に気恥ずかしい空気が流れてしまった。

と、そのとき。

「あっ⁉」

七太夫が、信十郎の顔をまじまじと見て、驚き叫んだ。

「えっ!」

信十郎もびっくりして見つめ返す。

「七太夫殿⁉」

「そなた、肥後加藤家の――」

その直後、

「ややっ、そなたは！」

と、剣士が叫んだ。加藤家、と聞いて、昔の記憶を呼び覚ましたのであろう。

信十郎はウッと唸って見つめ返した。

「や、柳生、伊予守殿――」

伊予守とは、兵庫助利厳の、かつての名乗りである。

伊予守と呼ばれた兵庫助は、確信を持って叫んだ。

「やはり、あのときの童《わっぱ》か！」

七太夫も小太りの身体を震わせて迫ってくる。

「なにゆえ、そなた様がここにおられる!?」

恐い大人二人に詰め寄られ、と言っても信十郎は、かつてのような子供ではないが、
しかし、タジタジと後退した。

「これにはいろいろとわけが……」

「どのようなわけじゃ!?」

「申されませ！」

「ム、ムムムム……」

信十郎は、目を白黒とさせていたが、隙を見て、バッと袖を翻した。

「しからば、御免！」

必死になって走って逃げた。これほど無我夢中で走ったのは、子供の頃以来のことであったろう。

六

家光の一行は、信州を無事に通過して美濃路に入った。

謎の陰陽師が名古屋城で討たれた、という知らせは、家光主従にも伝えられた。これで六人の曲者が討たれたことになる。

八部衆の一人が内通していることは知っている。御所忍び頭目の御蓋坊は上忍であり、上忍自らが出張ってくることもないだろう、と予想されていたので、実質的に八部衆は壊滅した——と受け止められていた。

御所忍びの企図は挫けた。力強い夏の陽光に負けない足どりで、家光は旅をつづけた。

信十郎は名古屋から北上すると、長良川の手前、加納の宿で家光一行と合流した。

夜、夜陰に紛れて家光の旅籠に近づく。鳶澤配下の風魔衆が警護の陣を布いていた。

だいぶ夜も更けたというのに、家光の座敷には灯火が燈っている。さらには、なにやら隠微な囁き声まで漏れていた。

信十郎がさらに近づいていくと、宿の庭石の陰からノッソリと、二つの人影が立ち上がってきた。

一人はキリ、もう一人は柳生十兵衛である。

「家光殿はご無事か」

信十郎が訊ねると、キリは、なにやら異常な不機嫌さを満面に張りつけながら、頷いた。

険しすぎる容貌だ。事件でも起こったのか、と思い、十兵衛に訊ねたが、こちらは弛緩しきった顔つきで、眠そうに目をこすっていた。

「なにもねぇよ。むしろ暇を持て余しているくらいだ」

「そうか。ご無事ならそれでよいが。……ご健勝でなによりだ」

「ご健勝なんてもんじゃねぇ。毎晩あのありさまだぜ」

宿所から聞こえてくる隠微な囁きは、家光とお鈴が睦み合う秘め事の気配であった。

十兵衛は大あくびをした。

「毎晩毎晩、よく飽きないもんだと感心するぜ。……お城の色小姓どもも、これでお役御免だな」

信十郎は十兵衛の卑猥な軽口を受け流し、キリに目を向けた。

「あの娘だが、家光殿にお近づけして、本当に大丈夫なのか」

キリは無関心そうに首を振った。

「わからん。今のところは、何事もしようとはせぬ」

「これから何事か、するかもしれぬではないか」

「するかもしれぬが……。あやつめがくノ一で、家光の命を狙っておるのなら、これまで何度も暗殺の好機はあった。今だって、その気になればやれるだろう。しかし、何もせぬ。きゃつめの荷物を改めたが、武器も毒も隠し持っておらぬのだ」

「つまり、殺意はない、本当に、偶然出会った旅の娘だ——ということか」

「信十郎」

「なんだ」

「大切なことを忘れてはおらんか。オレだって、一度は秀忠、家光の命を狙った曲者だぞ」

「それはそうだが」

「徳川家に対する怨みが消えたわけではない」

「恐いことを言う」

「つまりだな、いちいち疑っていたら際限がない、ということだ。その気になれば暗殺など素人にだってできる。家光が殺されたとしたら、それは家光に天運がなかった、人徳もなかった、ということだ。詮方《せんかた》あるまい」

信十郎は唇を尖らせた。

「やけにつっかかってくるではないか」

するとと、十兵衛がニヤニヤと白い歯を見せて笑った。

「いかに服部半蔵三代目とはいえ、キリ姉だって妙齢の娘だぜ。——警護のためとはいえ、毎晩毎晩、男女の睦言を聞かされたら、そりゃあ、不機嫌にもなろうってもんだ」

キリは凄まじい殺気のこもった視線を十兵衛に向けた。が、十兵衛はヘラヘラと薄笑いを浮かべて受け流した。

「ほらッ、二人でとっとと消えちまえよ。ここはおいらが守っているから」

キリの背中をドンと押して、信十郎の腕の中に押しやった。

キリは真っ赤になった顔で、十兵衛を睨み返した。

家光は宿所の布団の中で、お鈴の身体を抱き寄せていた。

はだけた襟元から、ふくよかな乳房が覗けている。家光は胸の谷間に顔を埋めて目を閉じた。

「女の肌とは、かように心地好いものであったか」

お鈴がクスッと笑った。いい年をした家光なのに、その表情はさながら幼児のようである。若い娘ながらに母性本能をくすぐられたのか、慈母のような笑みを浮かべ、家光の横鬢をそっと撫でた。

「おかしなことを仰る若様……。まるで母親に甘えたことのないような」

「母か……」

家光の表情が曇った。

嫌な思い出を振り切るように両腕でお鈴を掻き寄せると、胸乳に顔をきつく埋めた。

家光の実母であるお江与は、次男の忠長ばかりを偏愛した。

長男の家光のことは、忠長のライバルだ、とまで考えて、敵視すらしていた。

人格に問題があったとしか思えない。

そんな母親であるから、家光が近寄ろうとしただけで袖を払って突き飛ばすようなことまででした。

家光は、実母の愛というものをまったく知らずに育った。

それでは、母親代わりに育ててくれた斉藤福はどうだったのか、と言えば、こちらはこちらで負けず劣らずの異常人格者で、〝若君がご立派な将軍にお育ちあそばすこと〟ばかりが念頭にあり、子供を子供らしく甘えさせることの大切さ、など、まったく理解していなかった。

ビシビシと厳しいばかりの教育である。

母親代わりに抱きつこうなどとすれば即座に目を怒らせて、『男子たるもの』『武士たるもの』のお説教が始まるのである。それも、お福の根気が尽きるまで、叱り飽きるまで延々とつづくのだ。

こんな環境で育った男の子が、まともな人間になるはずがない。家光の男色好みは、実母と乳母という、恐ろしい鬼女二人への恐怖心が原因だったのだ。

しかし、ようやく家光は、女性がもたらしてくれる安らぎを知った。家光にとっては奇跡とも思える体験であった。

家光はお鈴をきつく、抱きしめた。

御所忍びをあらかた撃退した、という心の緩みがあったのかもしれない。

十兵衛は、庭の植え込みの中で高鼾をかいている。

キリは信十郎と手を取り合ってどこかへ行ってしまった。厳戒態勢の家光警護陣に、ほんの一時、不思議な穴が開いていた。


——ど、どえらいこっちゃ……。

岩魚麿が夜道を駆ける。全身からボタボタと滴が垂れ落ちた。衣服が濡れているばかりではなく、皮膚全体から水が滴っていた。

まるで水死体が走っているかのようなおぞましい姿だ。足が地を踏むたびに、ブヨブヨの全身から濁った汚水が染み出してくる。

——まさか、あの女が……！

我が目で見たものが信じられない。しかし、事実は疑いようがない。

このままでは家光が討たれる。なんとしても警護の者たちに知らせねばならぬが、迂闊《うかつ》に動いて自分が裏切者であることが知れれば、御所忍びから報復を受けることとなる。

それに、自分が家光の護衛の前に姿を見せたら、何も知らない護衛たちは、八部衆の一人として、自分を討ち取るに違いないのだ。

はなはだ遠回りだが、あの老忍に繋ぎをつけて、柳生に注進しなければならなかった。

しかし。

焦れば焦るほど足は進まない。水中でこそ無敵の身体だが、陸の上では思うに任せない。水を吸った肉体は普段の倍の重さになっている。

岩魚麿は街道の分岐で一休みした。肩に担いでいた突きん棒（銛）を杖代わりにして一息ついた。

岩魚麿がヨタヨタと走った街道には、汚水の滴った痕が点々と残されていた。岩魚麿は、自分が明瞭な痕跡を残していることにすら気づかない。そこまでの気が回らなかった。

ようやくすこし水が抜けて、身体が軽くなったように感じた。岩魚麿はふたたび走りはじめた。

濡れた痕を辿り、足音もなく、一人の影が走っていく。白足袋に赤い鼻緒の雪駄。

旅姿の若い娘だ。手には細い竹の杖まで携えている。

岩魚麿はようやくに、老忍との会合場所に辿りついた。街道の外れの、朽ち果てたあばら家であった。

「たいへんや！」

岩魚麿が血相を変えて飛び込む。老忍は土間に火を焚いて粥を煮ている最中だった。

「どうした」

岩魚麿は、四つん這いの姿で両膝をついた。

「大原の鈴女《すずめ》が――」

「鈴女？　あのくノ一が、どうかしたのか」

しかし岩魚麿は突然、口をつぐんだ。両目を恐怖に見開き、ワナワナと身を震わせている。

「ムッ！」

老忍は、あばら家の中に、もう一つ、別の気配を察知した。

即座に身を転じて部屋の隅に飛ぶ。隠してあった山刀を摑み取り、鞘を払った。

いつの間に入ってきたのか、美しい女が囲炉裏の炎に照らされている。市女笠をスッと脱いで傍らに置いた。

「鈴女！」

お鈴――否、大原の女忍者、鈴女は、微妙な笑みを浮かべて、岩魚麿と老忍を見つめていた。

その笑みは、例えるなら、無表情な能面が突然ニヤリと笑ったかのような不気味さだ。

「そなたらが、裏切者であったかえ」

艶やかな美声を漏らす。しかし、唇も歯もまったく動かしていない。

「道理で。我ら八部衆、徳川ごときにやすやすと討たれるはずやわなァ」

笑顔が次第に俯いていく。上目づかいになった双眸に、ギラリと不穏な光が宿った。

「おのれ！」

老忍がバッと跳躍した。身体ごとぶつかるようにして、山刀を突き出した。

その瞬間、フワッと鈴女の外套が揺らいだ。白い布地が広がったとみるや――、

「ぐわわわっ!!」

何が起こったのかわからない。老忍の身体がドタッと土間に転落した。

「親父殿！」

岩魚麿が手を伸ばそうとしたときにはもう、老忍は喉首を刈り切られて絶命してい

た。

首から上があらぬ方向に捩れている。だらしなく開いた口からは、長い舌先をデロンと露出させていた。

濃い血臭があばら家に広がった。

鈴女が身体をユラリと巡らせた。今度は岩魚麿に身体の正面を向けた。

「あわわわわ！」

普段の岩魚麿であれば、鈴女を水中に引き込むか、あるいは水辺に寄せる算段を巡らせたに違いない。

しかし、このときは、裏切りを暴かれた――という恐怖に心が縛られていた。

忍びの世界で裏切りは最大の重罪だ。裏切者本人が残忍に殺されるのはもちろんのこと、家族まで皆殺しにされる。

一刻も早く鈴女を殺して我が身の秘密を守らねばならぬ、今の岩魚麿にはそれしか考えられなくなっていた。

「デヤアアッ！」

得意の突きん棒を放つ。鈴女はバッと裾を返して後ろに飛んだ。

岩魚麿は、えたりとほくそ笑んだ。

「バカめ！」

岩魚麿の銛《もり》は先端が外れるようになっていた。現在でいうところの『フライング・ジャフ』である。今も昔も漁師がよく使う漁具なのだが、先端の金属部分が外れて飛ぶ――というのは、槍や薙刀との戦いに慣れた者にとっては予想外のことだ。

鈴女は後ろに飛んで銛の間合いを避けたつもりでいた。が、その距離は岩魚麿にとっては必殺の間合いであった。

「もらった！」

勢い込んで突きん棒を飛ばそうとした瞬間。

ゴツッと、凄まじい音をたてて、岩魚麿の首が落ちた。前屈みに伸ばしていた首筋を真後ろから一太刀で斬り落とされたのだ。

岩魚麿は何が起こったのかすら、理解できなかったに違いない。頸骨を断たれた頭部がゴロンと土間に転がる。つづいて、水膨れした身体がブシャアッと倒れた。

身体に蓄えた水と血液を撒き散らしながら、岩魚麿は絶命した。

死体の脇には御蓋坊が立っている。手にした刀を拭い、パチリと鞘に納めた。

鈴女は、くノ一とはいえ、自ら武器を持って戦う術は身につけていない。もう一人、別の忍者が忍び込んでいたことに気づかなかったことが、岩魚麿と老忍の敗因であった。

「御蓋坊様」

鈴女が恭しく拝跪した。

御蓋坊は「うむ」と頷き返した。

「そなたの正体が家光に知られれば、これまでの苦労も水の泡だ」

「まことに。……好都合なことに、徳川主従は、鴨頭道を八部衆の一人と数えておりまする。もはや八部衆で生き残っておるのは御蓋坊様のみ――と、左様考えておりましょう。この妾《わらわ》を疑う者は一人とておりませぬ」

鈴女は艶然と立ち上がった。

「家光の宿に戻りまする」

「まことに、そなた一人で大丈夫か」

首領から念を押された鈴女は、決然として眼差しを上げた。

「御蓋坊様」

「なんじゃ」

「もはや八部衆で生き残りしは、我ら二人のみ。是非もございませぬ。家光は妾一人にて殺しまする。それも、徳川家にとって、最も不都合なやり方で」

大原の鈴女は八部衆の中でも異例の存在。美貌と肉体を武器に、要人暗殺を行うのが任務であった。

「到底、生きては戻れぬぞ」

暗殺に失敗しても成功しても同じことだ。正体を知られたが最後、家光の護衛を斬り払って逃れることなど不可能である。

「もとより覚悟の上。ご助勢は無用のこと。御蓋坊様にはこれより御所忍びを立て直し、新しき八部衆を育て上げ、帝をお護りする——という、なにより大切なお役目がございましょう。それが御所忍び頭目として果たすべき務め」

「あいわかった。そなたの死を、けっして無駄にはせぬぞ」

鈴女は無言で頷いて、あばら家の外に走り出ていった。

御蓋坊は一人、あばら家に残り、足元に転がった裏切者二人の亡骸を見下ろした。

「こやつらのせいで——」

御所忍びの精鋭たちが失われた。鈴女には御所忍び再建を請け合ったものの、それは生半可なことではあるまい。

御蓋坊は囲炉裏の薪を手に取ると、壁に火を移した。

渇ききっていた柱や屋根が燃え上がる。あっと言う間に家全体が炎に包まれた。すでに御蓋坊は京に向かって走っている。

翌朝。加納宿を発った家光主従は、道すがら、白煙を上げてくすぶる民家の焼け跡を目撃した。

「何事かあったのか」

家光が遠望している。念のため確かめにいった者が、急ぎ足で戻ってきて報告した。

「旅の者二人があばら家で野宿をし、火の不始末で焼け死んだらしい、とのことにございまする」

煙の異臭が漂ってくる。人肉の焦げた臭いも混じっているような気がして、家光は顔をしかめた。

「あな、恐ろしや」

お鈴が呟き、肩をすぼめて家光に身を寄せた。

第六章　将軍宣下

一

六月二十六日。〝家光〟は将軍宣下を受けるため、江戸城を発って上洛の途についた。

供揃いは譜代大名と旗本である。数万に達する軍容で、次期将軍の威容を天下に見せつけていた。

幕府の公式記録『徳川実紀』によると、家光は順調に旅程をこなし、七月十一日に伊勢亀山に入城した――ということになっている。

しかし酒井忠利の記録によれば、二日前の九日に、家光は亀山に到着していた、という。

日付がしっかり残っているので間違いない。

幕府の公式記録と、大名の個人記録。いったいなにゆえに、二日もの誤差が生じたのであろうか。


家光は亀山で〝家光公の御行列〟を待ち受けて、合流した。

御所忍び八部衆は残らず討ち取られている。奇策をもって暗殺を仕掛けてくる敵は壊滅した。恐れることなく堂々と、京に乗り込んでいける。

家光は三葉葵の紋の入った乗物に移った。


七月十三日、伏見城に入る。

伏見城は上洛中、家光の御座所となる。

家光の入京で、幕府軍三十余万が京に集結し終えた。京都盆地は武者たちでごった返し、足の踏み場もないほどである。

伏見城には勅使や皇族、公家や門跡《もんぜき》（親王や内親王など、皇族から僧侶になられた方）がひっきりなしに押し寄せてきて、挨拶した。

何事にも気位が高く、動作のはんなりとした貴族たちにしては、熱烈にすぎる歓迎ぶりである。

理由はある。

朝廷や公家衆にも、彼らなりの諜報網はあり、御所忍びどもが秀忠・家光を襲った一件は知れ渡っていた。

『あの宮家が、公家が、影で糸を引いていたのではないか』などと疑われたらたまらない。ここは熱烈に歓迎し、我が身の潔白を証明しなければならない——などと、必死に計算を働かせていたのである。

いずれにせよ、家光のもとに高貴な人々が足繁く通う。そんな光景が毎日毎日展開された。京の民人や諸大名は、否が応でも家光の威勢を見せつけられている。

御所忍びの思惑とは裏腹に、家光の威光がいよいよ盛んに飾りたてられてしまっていたのであった。

家光という男は辛抱の足りない性格であるが、自分を祝いに来た客人なら大歓迎である。終始上機嫌に応対し、丁寧に礼を返した。饗応の酒宴にも欠かさず臨席した。

だが。嬉しい客でも根《こん》を詰めれば疲労は溜まる。賓客の途絶えたわずかな隙に、家光は一時の休息を取った。

御殿の縁側に出て、庭に向かって背伸びをする。

目を転じると、傍らにお鈴が控えていた。

「おお。鈴か」

奥女中の装束を着けている。家光に声をかけられ、硬い表情で低頭した。

旅を終えて「実家に戻る」というお鈴を引き止めたのは家光である。どうあっても手放したくない、と思っていた。

思い立ったら直截で、衒《てら》いも遠慮もないのが殿様育ちである。

家光はズカズカと歩を進めて、お鈴の前に立った。

お鈴はますます身を細くして平伏した。

「顔を上げてくれ」

家光が声をかけても、お鈴は顔を上げない。無理もないことだ——と、家光は思った。

——鈴は、このわしのことを、旗本の若様ぐらいに予想していたのであろうな……。

それが正三位権大納言、間もなく将軍職に就任する身であったのだ。

驚き、緊張し、顔も上げられなくて当然だ——と思った。

家光はお鈴の膝元にしゃがみ込んだ。細い肩に手を伸ばし、そっと上体を起こさせた。

お鈴の端正な面差しが覗けた。

愛しい——と、心底思った。

「お鈴」

息せき切って語りかけた。

「わしはもうすぐ将軍となる」

「あい」

「江戸城はもうすぐ、このわしの城となるのじゃ」

「あい」

「本丸も、二ノ丸も三ノ丸も西ノ丸も——あ、いや、西ノ丸は父上の御座所ゆえ別儀じゃが、とにかく、江戸城は我が意のままとなる」

「あい」

「そこでじゃ」

家光は両手でお鈴の手を握り、手のひらに包み込んだ。

お鈴がハッとして顔を上げる。期せずして家光と視線が交わった。

「お鈴、江戸城の奥に入ってくれぬか」

「えっ……」

お鈴は、何を言われたのか理解できなかったのか、一瞬、呆然とした。

が、すぐにその意味を悟って、顔を真っ赤にさせた。

ガバッと平伏する。額が廊下につくほど深く低頭した。

「わ、わたくしなど！　畏れ多いことにございまする！」

「なんじゃ、嫌だと申すかァ！」

家光が裏返った声を張り上げた。なにやら、駄々っ子のような態度と顔つきになった。

「い、いいえ、嫌だなどと、そのような……。滅相もないことにございまする！」

「ならば、わしとともに江戸に下ってくれるのか」

短兵急に返答を迫る。

「どうなのじゃ、来るのか、来ぬのか」

「それは、もったいない仰せにございまする」

「はっきりいたせ！」

噛み合わないやりとりがしばらくつづいたあとで、ようやくお鈴は、

「ずっとお殿様のお側で、お仕えいたしとうございまする。どうか、鈴を江戸にお連

れくださいませ……」

　と、聞き取れぬほどの小さな声で答えた。

「左様か！」

　家光は、満面に笑みをいっぱいに広げて立ち上がった。将軍宣下に先立っての慶事である。奇声を発しながら御殿じゅうを走り回りたくなったのであるが――、殿中にはまだ、勅使や公家衆が残っているはずだ。走り回るのは自重して、それでも居ても立ってもいられず、広間の中をニタニタしながら歩き回った。

　そのとき、畳廊下から近習の声がかかった。

「甲府中将様、ご上洛のご挨拶にお越しにございまする」

　家光は顔を上げた。

「おお、忠長がまいったか」

　家光の弟、忠長も、今度の上洛に従っていた。家光の栄誉に伴い、自身は従三位中納言に昇進することが決まっていた。

　もっとも。

　かつては家光を差し置いて三代将軍になるのではないか、と目された男だ。自身も当然、将軍になるつもりでいただろう。

中納言程度の就任で満足しているかどうかは、はなはだしく疑問である。

しかし家光は、今は悦びいっぱいで、弟の気持ちを忖度《そんたく》するゆとりなどない。

「そうじゃ！」

お鈴のほうに振り向いた。

「お鈴！　これよりわしの弟君がまいられる。甲府中将殿じゃ」

お鈴は重ね重ね畏れ入って平伏するばかり。

「よき折じゃ。そちのことを中将に紹介いたそう。ささ、こちらへござれ、ここに座れ」

と、無理やり引っ張って、おのれの脇に据えさせた。

かくして家光は、大広間上段ノ間の中央に腰を下ろし、威儀を正して弟を待った。

畳廊下で近習が平伏する。忠長が廊下を歩んできたのだ。

やがて、均整の取れた体格の、容貌涼やかな若武者が入ってきた。

武家の正装である狩衣に侍烏帽子を着けている。悠然たる物腰だが、しかし、やはり内心には割り切れぬものを隠しているのであろう。面差しからは血の気が引き、額には青筋を走らせていた。

忠長は織田信長に似ている――という。

忠長の生母（家光の生母でもあるのだが）お江与の方は、織田信長の姪である。

忠長は面差しも気性も母親に似た。

織田信長の生前を知る者は、藤堂高虎や細川三斎（忠興）など、今でもそこここに生存している。彼らが口を揃えて『似ている』と言うのであるから、よほど似ているのに違いない。

——なるほどのぅ。これが信長殿の顔か。

家光は、癇の強そうな弟の顔を眺め下ろしながら、のんびりと感慨した。

以前の家光なら、弟の美貌と胆力に気後《おく》れしていたであろうが、すでに勝負は決したのだ。目の前に拝跪しているのは負け犬である。

——忠長が信長に似ているのであれば、わしは東照大権現様に似ておるのじゃ。

などと、根拠もなく自信を膨らませたりした。

忠長は、震える声で挨拶をよこしてきた。やはり悔しくてならないようだ。逆に家光のほうは、さらに楽しくなってきた。

適当に挨拶を返し、上洛の道中のことなど、呑気に訊ねたりした。

忠長の視線が時折チラリと横に動く。お鈴のことが気になっているようだ。

「おお、そうじゃ」

家光は、今、思いついた――みたいな表情を装った。

「そこにござるのは、余の側室じゃ。そのほうにとっては姉になるのであろうかのう。よろしく頼むぞ」

「姉⁉」

途端に、忠長の額の青筋が、ギュッと太くなった。

兄の正室であれば、それはたしかに姉であろうが、側室は違う。側室の身分は、公的には〝正室の女中〟でしかない。

側室の生んだ若君が世継ぎとなれば話は別で、女中は『若君様の御生母様』に立身出世なされるのだが、しかし。

まだ子も産んでおらぬ側室を、姉として敬わねばならぬ理由はない。

忠長は家光を睨みつけた。

――この阿呆め、道理もわきまえず申しておるのか……。

それであれば、馬鹿な兄だと諦めもつくが、しかし。

――わかっていながら、側室風情にまで礼を求める、というのであれば、このわしにも考えというものがある！

忠長は奥歯をギリギリと噛みしめた。

弟の顔色が、赤くなったり蒼白になったりする様を、家光はふくよかな笑みを浮かべて見守っている。

忠長は足音も荒々しく、大広間を下がった。

うっかり道を塞いだりしたら、即座に斬り捨てられそうな顔つきだ。

大廊下を回ったところで、土井利勝と出くわした。

土井利勝は家光の将軍就任に伴い、秀忠附きの年寄から、家光附きの年寄へ転任している。秀忠が家光に『天下の老中』を譲った、という形式だった。

「大炊！」

忠長は遠慮なく大声を張り上げた。

玄関近くには公家や門跡の供回りたちが屯《たむろ》している。皆驚いて顔を上げ、忠長に視線を向けた。

土井利勝が渋々といった顔つきで、しかし小走りにやってきた。内心では、何か面倒なことが起こったようだ、と辟易しているのは明らかであった。

「大炊、あの娘は何者だ！」

あの娘だけでは理解できないと思うのだが、そこは土井利勝である。即座に答えた。

「大納言様が道中で見初められた女子《おなご》にござりまする」

「身元は確かなのか」

「いささか、合点の行かぬところもございまするが、この時世ゆえ」

戸籍謄本などない時代だ。戸籍に相当する過去帳が整備されるのは、これまた家光の時代の話である。

戦乱で多くの大名家が潰れ、無数の浪人たちが一族郎党を引き連れて流動している。

さらには、商人たちも入れ代わりが実に激しい。

信長が楽市楽座の政策を進めたのはいいが、そのせいで商家はあっけなく破産するようになった。誰でも商売に参加できる、ということは、つまり、誰からも保護してもらえない、ということだからだ。

ゆえに民草など、氏素性の確かめようもない。

「つまり、怪しい者ではないか！」

「たしかに、怪しゅうはござるが――」

これから家光は将軍になる。しかし、『将軍に世継ぎがいない』では、世の中に動揺が広がってしまう。この隙につけこんで良からぬことを企む者も出てこよう。ゆえに、今は一刻も早く世子が欲しいときなのである。

土井利勝も家光の衆道狂いにはウンザリとさせられていた。女に興味を持ってくれたのなら、なによりのことだ。

そういう理由で利勝も、多少の不安には目を瞑っていたのであった。

「ええい、もうよいわ！　話にならぬッ！」

忠長は癇癖を発し、飛び出していった。

二

忠長には望月余五郎《もちづきよごろう》という、老いた忍びが仕えていた。

出自は戸隠あたりの忍者だという。

若い頃は武田に仕え、武田が滅亡したのちは、徳川家の金山奉行、大久保長安《おおくぼながやす》に仕えていた――という。

武田信玄には望月千代女《ちよじょ》という、有能な女上忍が従っていたが、あるいはその縁者であっただろうか。

余五郎は大宮通りの屋台の前で、なんの肉とも知れぬイカモノを食らい、安い酒を浴びるように飲んでいた。

酩酊したふうを装いながら、横目では油断なく、通りを窺っている。

やがて、お鈴の姿が現われた。

侍女や近仕の侍などを引き連れている。

「早くも御上臈様気取りか」

余五郎は不機嫌そうに渋面をしかめさせた。

「親父、ここに置くぞ」

金を払って屋台を離れる。垢染みた衣の見すぼらしい老人が、酒の臭いをプンプンさせながら千鳥足で歩く。若い娘の通行人などは、露骨に顔を背けて離れていった。

シャックリを繰り返しつつ、道の脇へとそれる。お鈴の一行が十分に近寄ったのを見定めて、ふいに、足元をよろけさせながら通りの真ん中に進み、お鈴の目の前に飛び出した。

瞬間、ギラリと素面《しらふ》の眼差しを投げつける。鋭い出足でお鈴の懐に飛び込んだ。

お鈴は、サッと身を翻して避けた。

余五郎は確信した。

――この女狐、間違いなく、くノ一だ……。

この体捌《たいさば》きは、並の女子にできうるものではない。

余五郎はそのままゴロンと、都大路に転倒した。大の字にひっくり返って酒臭い息をフーッと吹いた。

「無礼者！」

侍女が叫んで懐剣に手を伸ばす。近仕の侍も鞘に反りを打たせて詰め寄った。

このとき余五郎は、なんと、本当に寝入っていた。なんとも恐れ入った老練さである。侍が草鞋の裏で蹴りつけても、唸るばかりで目も開けない。

侍女は、汚物を見る目つきで一瞥したのち、お鈴を促した。

「さ、姫様、まいりましょう」

お鈴一行は余五郎を残し、伏見城へと戻っていった。

「こないなところで寝とったら、荷車に轢かれてまうで」

世知辛い都にも親切な人はいる。乱暴に道の端まで引きずっていくと、そのまま置き捨てにして去っていった。

余五郎はたっぷり半時は昏睡してから目を覚ました。

寝息を立てつつ周囲に意識を尖らせて、自分を監視する忍びの有無を探っていたが、それらしい気配は感じられない。

った。

本物の酔っぱらいか、あるいは間抜けな掏摸《すり》、ぐらいに思われたようだ。それでも余五郎は大きく遠回りし、京の歓楽街を冷やかしてから、忠長の宿所へ戻った。


元和九年七月二十九日。

この日。家光に対し将軍職が下された。即日、三条西実条、正親町季俊《おおぎまちひでとし》、勧修寺《かじゆうじ》経広《つねひろ》ら、将軍宣下を司る役之公卿、さらに官務を担当する壬生《みぶ》孝亮《たかすけ》などが伏見城に入った。

すでに伏見城には大名、旗本が居並んでいる。宮家や公家衆、門跡なども、臨席のため、親しく城門をくぐってきた。

征夷大将軍宣旨は大広間で行われる。

家光は控えの間に腰を下ろし、やや緊張の面持ちで身構えていた。

冠を戴き、後頭部に長く纓《えい》を垂らしている。

肌小袖の上に打衣、下袴、上袴。下襲《したがさね》には長さ一丈（三メートル）の別裾《べつきよ》がつく。

上着であるところの袍《ほう》の色は黒。

と、おそらく、このような姿で式に臨んだのではあるまいか、と思われるのだが、案外、もっと、とんでもない格好だったのかもしれない。

　というのは、戦国の世の乱れは朝廷にまで及んでいて、この時期、朝廷の紊乱《びんらん》は極限に達し、肝心の有識故実《ゆうそくこじつ》ですら、判然としなくなっていたからだ。

　天皇家や公家衆でさえ、正確な儀式の次第や衣冠束帯がわからなくなっている。

　江戸時代初期、十七世紀も後半に入ってから、関白近衛広基《このえひろもと》ら、有為の公卿たちが東山天皇の指揮のもと、苦労して古記録類を渉猟《しょうりょう》し、研究を重ねたうえで再現したのが、今日に伝わる有識故実である。

　悪名高い『禁中並公家諸法度』では、『天皇や公家衆はもっぱら文化事業に励むべし』と家康から命じられており、天皇家や公家が政治に口を挟むことを禁じた悪法、とされているが、家康の思いを好意的に解釈すれば、たしかに、日本文化の再興は天皇家や公家衆にしか成しえぬ一大事業で、かつ、平和の戻った日本国にとって、伝統文化の復活は、なによりの急務であった、とは、言えるのかもしれない。

　家光は、こころもちソワソワと身を揉みながら、式の始まるのを待っている。

　下ノ間には忠長が侍っていた。

　忠長の官位は中将であるので、やはり冠を戴き、黒衣の袍を着けている。

さらに下座には、土井利勝や酒井忠利など、家光附きの年寄、家臣たちが控えている。彼らの官位は五位の諸大夫で、袍の色は緋である。

真っ赤な袍を着た者たちが居並ぶ上座に、黒い衣冠の兄弟が二人、ポツン、ポツンと腰を下ろしている。息も詰まりそうな緊迫した雰囲気だ。

家光も忠長も、腰には太刀を佩《は》いていた。

束帯佩帯《そくたいはいたい》の剱《たち》という。

宮中で剱を佩帯する者は武官である。

しかし家光の官位は大納言で、武家の出ではあるが、宮廷での身分は、武官ではない。

武官ではない朝廷人の佩帯は『勅授帯剣《ちよくじゆたいけん》』という。天皇の勅許を得ての恩典である。『天皇の前であれ、あえて武器を外さなくてもよい』という、超絶的な特権なのだ。その名誉は他に比類すべきものがない。

忠長が険しい表情で兄の晴れ姿を睨みつけている。

家光の佩帯は高位高官の証、中将忠長の佩帯は宮廷ガードマンの装備品だ。

誇り高い忠長を嫉妬に狂わせるのには十分な差別である。

何事につけ、優美で優雅ではんなりとしているのが宮廷人の特徴である。

広間のほうでは準備が進んでいるようだが、家光は次第に暇を持て余しだした。

家光は、盛んに身体を揺すったり、扇を開閉させたりしている。パチリパチリと耳障りな音が延々と繰り返される。

もともと落ち着きのない男である。かつ、異様に飽きっぽい。

庭を眺めて、口の中で謡曲など唱えていたようだが、突然顔を上げると、近臣に向かって口を開いた。

「お鈴をこれへ」

「は？」

近臣は、何を言われたのか測りかね、一瞬、戸惑った顔をした。

「お鈴様――に、ございまするか」

家光の愛妾第一号、という事実は、すでに大きく広まっている。

「うむ。余の晴れ姿を見せてやりたいと思うてな」

「はぁ」

「和子《わこ》が生まれれば、お鈴の口から、父である余の晴れ姿を、語り聞かせることもあろうからな」

「お鈴様のお口から。和子様に。ははぁ」

いきなり子供の話とは気が早い。

「それは、おめでたきことには、ございまするが……」

しかし、大切な儀式を前に、女人を近づけてよいものなのかどうか。近臣には判断がつかなかった。

とはいえ、何度も言うが、この時代は日本の歴史上、最も社会秩序の混乱していた時代である。赫々《かくかく》たる大名が本丸大広間の回り縁から庭に向かって立ち小便をした、というような、モラル喪失の時代であった。

「わかり申した。お待ちくだされ」

肝心の朝廷ですら、有識故実が定かでないのだから是非もない。近臣は席を立って、お鈴を呼びに走った。

しばらく経って、紅の打ち掛けの裾を長く引きずりながら、お鈴御前が入ってきた。なかなかに悠然たる物腰だ。斉藤福の薫陶を受けて、御殿の中臈らしい振る舞いを身につけている。

と、予期せぬことが起こった。

下ノ間の諸大名、旗本たちが、一斉に平伏してお鈴を迎えたのだ。

これから将軍となる家光への阿諛追従《あゆついしょう》である。と同時に、お鈴が家光の側室として、徳川将軍家に迎えられたことをも示していよう。

もはやお鈴は正式な御側室様であった。

しかし。

ただ一人、忠長だけが鋭い眼差しでお鈴を睨みつけている。白皙の貌容《かんばせ》はますます血の気が引いて、青黒く変色していた。

そんな弟の不穏な気配には微塵も気づかず、家光は上機嫌に立ち上がり、両腕の袖を広げて見せた。

「どうじゃ、お鈴！」

お鈴は忍びやかに艶笑しながら平伏した。

「ご立派なお姿にございまする、大納言様」

「うむ！」

生まれて初めて晴れ着をつけた幼児みたいに、袖を広げたまま身体をよじって、背中を向けたりしていたが、家光はふたたび着座して、威儀を正した。

「しかし、大納言様も本日が限りよ」

お鈴は、チラリと目を上げて、家光の顔を覗き込んだ。

「それは、いかなることでございましょう」

家光は白い歯を見せて破顔した。

「間もなく余は将軍となる。本日よりは上様と相成るのじゃ！」

家光が言い放った瞬間。

下ノ間の諸大名が一斉に『ハハーッ！』と平伏した。

これには家光も目を丸くして驚いた。意図していない展開だったようだ。

しかし、諸大名たちに低頭されれば、嬉しくないはずがない。家光は頬を上気させ、何度も何度も頷き返した。

「あ……」

お鈴がポツリと、桜の花弁のような唇を開いた。

「お着物に糸くずが……」

「ほう？」

家光は視線をおのれの着衣に落とした。

「どこじゃ」

「そこにございまする」

お鈴が細くて白い指先を向けた。糸くずを取ろうというのであろう、わずかに片膝を立てて中腰になった。

その刹那。

ダンダンダン！　と、足音も高く走り寄ってきた者がいた。

家光はハッとして目を向けた。

忠長が満面を朱に染めて、眉を逆立て、目を怒らせ、歯を食いしばりながら突進してくる。凄まじい殺気を漲らせつつ、腰の剱を引き抜いた。

家光は、何事が出来《しゅったい》したのか咄嗟には理解できない。弟の顔が悪鬼のように歪みつつ、迫ってくるのを愕然として見つめた。

――わしを殺す気か、忠長⁉

凄まじい殺気が放たれてくる。剱はすでに引き抜かれ、頭上に振り上げられていた。

――いったい、わしが、弟に殺されねばならんほどの、何をした⁉

と思った瞬間、

「慮外者‼」

忠長が剱を斬り落とした。

両目を見開いた家光の顔面に、血飛沫がバッと飛び散った。

家光は身を硬くしたまま身動きできない。

その家光の膝元に、ドサッと誰かが崩れ落ちた。

家光は目を向けた。錦の打ち掛けを袈裟に斬られ、血を噴きながら、お鈴の身体が倒れている。

真っ赤な血が打ち掛けに広がり、布地をどす黒く変色させた。さらに流れた血液が、畳に大きく広がった。

下ノ間の大名たちが一斉に腰を上げた。

「中将様!」

土井利勝が突進してくる。あの冷静な利勝が顔色を一変させていた。

忠長は、

「待て!」

優美に背を伸ばすと、血に濡れた剱を逆手に持って差し出した。もはや、殺意はない、と証明するためである。

それから視線を転じて、足元のお鈴を見た。

「これを見よ」

と、剱の切っ先でお鈴の打ち掛けの袖を捲った。

「なんと!」

利勝の巨眼が見開かれた。お鈴は袖に、短刀を隠し持っていたのだ。

「ううう……」

まだ事切れていなかったのか、お鈴が微かに呻き声をあげた。

忠長の両目がギラリと光る。

「おのれ、くノ一めが！」

逆手に持ったままの剱を振り上げる。切っ先はお鈴の胸に向けられていた。

「待てッ！」

家光が叫ぶ。が、忠長はためらうことなくお鈴の心臓を刺し貫いた。

お鈴は、一瞬、身をのけ反らせ、ビクビクと痙攣したが、やがてグッタリと脱力して絶命した。

家光は声もなく、ただ目の前の光景を見つめている。

大名たちが集まってきた。家光と忠長、利勝とお鈴の死体を遠巻きにした。

忠長は、頬に返り血を浴びたまま、さも得意気な笑みを浮かべた。唇を冷笑的に歪めさせつつ、諸大名を睥睨《へいげい》する。

「この女狐めは、兄上のお命を狙って近づいた曲者なのじゃ」

「なんと!?」

大名たちが一斉にどよめいた。

「これこのとおり、この懐剣が、なによりの証よ」

抜き身の刃を握っているのであるから、明々白々であろう。

「しかし！」

と、利勝が冷や汗まみれで口を挟んだ。

「しかし、それならば今までも、何度もお命を狙う機会があったはず！」

一緒に旅してきて、時には寝所もともにしたのに、怪しい素振りはまったくなかったというではないか。

忠長は『フン』と軽薄な鼻息を漏らした。

「最初から、今日のこの日に、兄上のお命を奪うつもりであったのだ！　将軍宣下のまさにその日、帝が下し賜うた勅許を手に、上卿《しょうけい》が勅使としてまいられたこの城で、次期将軍となるべき兄上が殺される。ハハハハハ！　武門の名誉はこの上もなく損なわれたことでござろう！　それこそが、この女狐めの真の狙いであったのよ！」

忠長は哄笑しつづける。

土井利勝は背筋にゾクッと悪寒を走らせた。

くノ一の策謀が、危うく成就寸前にまで達していたことに恐怖したのか、それとも忠長の、鋭すぎる才知に怯えたのか。

忠長は満座の大名たちに向かい、聞こえよがしに声を放った。

「この女狐め、見るからに怪しいと思えばこそ、我が手の者を使い、探りを入れてみればこのありさまじゃ！」

ギロリと視線を利勝に向けて、

「大炊！　この不始末、なんとする！」

土井利勝は咄嗟に平伏していた。

「申し訳次第も──ございませぬ……」

利勝はのちのち、死の間際まで、この瞬間の失態を生涯忘れなかった。失態を犯したおのれを許せなく思った。

暗殺を見抜けなかった自分の愚かしさに憤慨したのではない。

利勝は、家光に対してではなく、忠長に向かって膝をつき、平伏していたのだ。本来なら殺されかけた次期将軍の家光に向かって、真っ先に詫びねばならぬ場面であったはずなのに。

気合負けである。忠長の気迫に圧倒され、利勝は自分を見失っていた。

諸大名の眼前で、幕府の筆頭年寄が、家光を無視して忠長に平伏する。

誰がどう見ても、忠長に将軍の威があるように見えるであろう。家光を支え、新将軍の威儀を形作っていかねばならない自分が、忠長の花舞台を飾っている。

気づいたときにはもう遅い。利勝は恥辱に身を震わせ、顔を上げることすらできなかった。

「大炊、本日はめでたき日じゃ。そのほうの仕置きは後日、取り計らうこととい たす」

「ハハッ」

もはや、何を言われても頭を下げつづけるしかない。

忠長は、今度は底意地の悪い流し目を家光に向けて、ニヤリと唇を微笑ませた。

「よろしゅうございましたなァ、兄上。最前のお言葉どおり、『大納言様が本日限り』となるところでござったわ！」

皮肉たっぷりに言い残すと、ドスドスと足音も高く廊下に向かった。

「着替えじゃ！　誰ぞ、着替えを持て！」

大名たちが一斉に身を引いて道を開ける。その真ん中を悠然と歩んで、忠長は去っていった。

「さすがは甲府中将様」

「あれこそ大将のご器量」

などと、賛嘆の小声がさざ波のように、広間じゅうに響いた。

家光は。

呆然として、お鈴の死体を見下ろしていた。

──まことなのか、お鈴……。

まことにお鈴が、我が命を狙ったのか。最初からそのつもりで近づいてきたのか。

危険だったけれども楽しかった旅の思い出が、脳裏に鮮やかに蘇ってきた。

ともに危機をくぐり抜け、泣き叫んで抱き合ったり、顔を見合わせて安堵したりした。

一つ釜の飯を分け合い、酒を差しつ差されつし、夜ともなれば風の吹き込む安宿で、互いの肌を温めあった。

あれらはすべて、まやかしだったというのか。

「お鈴……」

お鈴の白い指が、ギッチリと懐剣を握っている。

家光は血溜まりの中に膝をつき、お鈴の指を開いて、懐剣を外してやった。

「大納言様」

目の前で、何者かの影が平伏した。

「お着替えを」

家光は、己《おの》が着衣を見た。お鈴の血で穢れている。

平伏していた男が顔を上げた。理知的な視線が家光を正面から見据えていた。

「御勅使様方、準備万端相整い、大広間にてお待ちにございまする」

家光は放念しきって、松平信綱を見つめている。

松平信綱は、もう一度、深々と頭を下げた。

「将軍宣下にございまする」

時代小説

二見時代小説文庫

豪刀一閃《ごうとういっせん》 天下御免《てんかごめん》の信十郎《しんじゅうろう》4

著者　幡《ばん》 大介《だいすけ》

発行所　株式会社 二見書房
東京都千代田区三崎町二－一八－一一
電話　〇三－三五一五－二三一一［営業］
　　　〇三－三五一五－二三一三［編集］
振替　〇〇一七〇－四－二六三九

印刷　株式会社 堀内印刷所
製本　ナショナル製本協同組合

落丁・乱丁本はお取り替えいたします。
定価は、カバーに表示してあります。

 ISBN978－4－576－09091－7
http://www.futami.co.jp/

快刀乱麻 天下御免の信十郎1
幡大介／雄大な構想、痛快無比！波芝信十郎の豪剣がうなる！

獅子奮迅 天下御免の信十郎2
幡大介／将軍秀忠の「御免状」を懐に関ヶ原に向かう信十郎！

刀光剣影 天下御免の信十郎3
幡大介／山形五十七万石崩壊を企む伊達忍軍との壮絶な戦い

豪刀一閃 天下御免の信十郎4
幡大介／将軍父子の暗殺を狙って御所忍び八部衆が迫る！

誇《ほこり》 毘沙《びしゃ》侍 降魔《ごうま》剣1
牧秀彦／浪人集団〝兜跋組〟の男たちが邪滅の豪剣を振るう！

母 毘沙侍 降魔剣2
牧秀彦／兜跋組の頭・沙王は、妹母子のために剣をとる！

日本橋物語 蜻蛉屋お瑛
森真沙子／日本橋の美人女将が遭遇する六つの謎と事件

迷い蛍 日本橋物語2
森真沙子／幼馴染みを救うべく美人女将の奔走が始まった

まどい花 日本橋物語3
森真沙子／女と男のどうしようもない関係が事件を起こす

秘め事 日本橋物語4
森真沙子／老女はなぜ掟をやぶり、お瑛に秘密を話したのか

旅立ちの鐘 日本橋物語5
森真沙子／さまざまな鐘の音に秘められた六つの事件！

進之介密命剣 忘れ草秘剣帖1
森詠／開港前夜の横浜村、記憶を失った若侍に迫る謎の刺客！

二見時代小説文庫

山峡の城 無茶の勘兵衛日月録
浅黄 斑／父と息子の姿を描く大河ビルドンクスロマン第1弾

火蛾《かが》の舞 無茶の勘兵衛日月録2
浅黄 斑／十八歳を迎えた勘兵衛は密命を帯び江戸へと旅立つ

残月の剣 無茶の勘兵衛日月録3
浅黄 斑／凄絶な藩主後継争いの渦に巻き込まれる無茶勘

冥暗の辻 無茶の勘兵衛日月録4
浅黄 斑／深手を負った勘兵衛に悲運は黒い牙を剥き出す！

刺客の爪 無茶の勘兵衛日月録5
浅黄 斑／勘兵衛にもたらされた凶報…邪悪の潮流は江戸へ

陰謀の径《みち》 無茶の勘兵衛日月録6
浅黄 斑／伝説の秘薬がもたらす新たな謀略の渦……！

仕官の酒 とっくり官兵衛酔夢剣
井川香四郎／酒には弱いが悪には滅法強い素浪人・官兵衛

ちぎれ雲 とっくり官兵衛酔夢剣2
井川香四郎／徳山官兵衛のタイ捨流の豪剣が悪を斬る！

斬らぬ武士道 とっくり官兵衛酔夢剣3
井川香四郎／仕官を願う官兵衛に旨い話が舞い込んだ！

密 謀 十兵衛非情剣
江宮隆之／柳生三厳の秘孫・十兵衛が秘剣をふるう！

水妖伝　御庭番宰領
大久保智弘／二つの顔を持つ無外流の達人鵜飼兵馬を狙う妖剣

孤剣、闇を翔ける　御庭番宰領
大久保智弘／鵜飼兵馬は公儀御庭番の宰領として信州へ旅立つ

吉原宵心中　御庭番宰領3
大久保智弘／美少女・薄紅を助けたことが怪異な事件の発端に

秘花伝　御庭番宰領4
大久保智弘／ふたつの事件が無外流の達人鵜飼兵馬を危地に誘う

逃がし屋　もぐら弦斎手控帳
楠木誠一郎／記憶を失い、長屋で手習いを教える弦斎だが…

ふたり写楽　もぐら弦斎手控帳2
楠木誠一郎／写楽の浮世絵に隠された驚くべき秘密とは!?

刺客の海　もぐら弦斎手控帳3
楠木誠一郎／人足寄場に潜り込んだ弦斎を執拗に襲う刺客！

栄次郎江戸暦　浮世唄三味線侍
小杉健治／吉川英治賞作家が叙情豊かに描く読切連作長編

間合い　栄次郎江戸暦2
小杉健治／田宮流抜刀術の名手、栄次郎が巻き込まれる陰謀

見切り　栄次郎江戸暦3
小杉健治／栄次郎に放たれた刺客！　誰がなぜ？　第3弾

暗闇坂　五城組裏三家秘帖
武田櫂太郎／怪死体に残る手がかり…若き剣士・彦四郎が奔る！

月下の剣客　五城組裏三家秘帖2
武田櫂太郎／伊達家仙台藩に、せまる新たな危機……！